"윤, 너,
무슨 센스를 쓴 거냐?"

클로드 Cloude

주로 가죽과 천을 다루는 재봉사.
[오커 크리에이터]를 강화하기 위해 항상
그랬듯이 윤에게 새로운 옷을 입힌다.

리리 Lyly

일류 목공 기술자. 윤의 [검은 소녀의 장궁]과
[볼프 사령관의 장궁]을 강화하는데 힘쓴다!

온리 센스 온라인
18

아로하자초 지음 | **유키상** 일러스트 | **천선필** 옮김

커버 그림, 본문 일러스트 | **유키상**

Only Sense Online
1주년과 대형 업데이트

온리 센스 온라인
Online 18

윤　Yun

최고로 인기 없는 무기 [활]을 택해버린 초심자 플레이어. 수습 생산직으로서 부가 마법이나 아이템 생산의 가능성을 깨닫기 시작하고———

뮤우　Myu

윤의 리얼 여동생. 한 손 검과 광 마법을 다루는 성기사로 완전 전위형. 베타판에서는 전설이 될 정도의 치트급 플레이어.

마기　Magi

톱 생산직 중 한 명으로 플레이어들 중에서도 유명한 무기 장인. 윤의 든든한 선배로 충고를 해준다.

세이　Sei

윤의 리얼 누나. 베타판부터 플레이한 최강 클래스의 마법사. 수 속성을 주로 다루고 모든 등급의 마법을 구사한다.

타쿠　Taku

윤을 OSO로 끌어들인 장본인. 한 손 검을 다루고 경갑옷을 장비하는 검사. 공략에 애쓰는 정통파 플레이어.

클로드　Cloude

재봉사. 톱 생산직 중 한 명으로 의복류 장비품 가게의 주인. 윤이나 마기의 오리지널 장비 클로드 시리즈를 만들었다.

리리　Lyly

톱 생산직 중 한 명으로 일류 목공 기술자. 지팡이나 활 등의 수제 장비는 많은 플레이어에게 인기를 얻고 있다.

서장　장기 점검과 숙제

"으~, 아……."

"미우, 여름방학이라고 너무 늘어져 있지 마~."

"오빠, 그래도……."

"그래도는 무슨. 숙제도 거의 안 했지?"

얼마 전, 우리는 드디어 여름방학을 맞이했다.

날마다 한여름의 살인적인 더위와 함께 통학로를 지나갈 필요도 없고, 나와 미우의 도시락을 쌀 필요도 없다.

쾌적하게 에어컨이 돌아가는 방에서 여름방학 숙제를 하고, 시원한 아침에 빨래를 널고, 집을 청소하고, 더위가 가신 저녁쯤에 장을 보러 가고……. 중간에 짬짬이 OSO에 로그인해서 플레이하는 느긋한 나날이 시작되었다.

하지만 지금은 OSO에 로그인할 수가 없다.

"오빠는 신경 안 쓰여?! OSO가 장기 점검에 들어갔잖아! 대형 업데이트라고!"

"뭐, 신경이 안 쓰인다고 하면 거짓말이겠지만, 그래도 기다릴 수밖에 없잖아."

현재 OSO는 1주년 기념 업데이트를 대비해 장기 점검에 들어갔다.

대규모 VRMMORPG라 그런지 조정하는 데 사흘이나 걸린다고 한다.

"내일 점검이 끝날 때까지 기다릴 수밖에 없으니까 마음 단단히 먹고 여름방학 숙제라도 좀 해둬."

"으, 그렇긴 한데~."

나는 거실 테이블에 숙제를 펼쳐놓고 안절부절못하는 미우에게 차가운 보리차를 가져다주었다.

나중에 고생하지 않게끔 주의를 주었지만, 그럼에도 불구하고 미우는 숙제를 한두 문제 푼 다음 다시 안절부절못하는 모습을 보였다.

나는 마음속으로 쓴웃음을 지은 다음 내 컵에도 차가운 보리차를 따라 마셨다.

"그러고 보니까……, 내일이면 내가 OSO를 시작한 지 딱 1년이네."

처음에는 미우와 타쿠미가 꼬셔서 OSO를 시작했고, 생산이라는 플레이 스타일에 푹 빠져 마기 씨 같은 생산 동료도 생겼다.

이것저것 고생도 많이 했고, 무서운 일도 있었다.

하지만 그보다 더 즐거운 일도 많았기에 나도 OSO가 좋아졌다.

"어떤 신규 시스템이 생길지, 어떤 아이템이나 퀘스트가 추가될지 기대되네!"

"뭐, 미우 말대로 업데이트 내용이 신경 쓰이긴 해."

"그치! 나는 어떤 게 나와도 괜찮게끔 이것저것 준비해두었는데, 오빠는 어때?"

"나는 OSO에 신규 플레이어가 들어왔을 때를 대비해서 [아트리엘]에 포션 같은 소모품 재고를 보충해둔 정도야."

나 말고도 다른 생산직 플레이어들은 OSO 1주년에 맞춰서 새로 시작하는 신규 플레이어 지원을 위해 무기나 방어구, 액세서리, 소모품 등을 준비하고 있었다.

"아~, 인터넷 뉴스에 나왔던데!"

미우가 옆으로 치워두었던 노트북 PC를 끌어당긴 다음 어떤 인터넷 뉴스 기사를 띄웠다.

그것은 OSO를 플레이하는데 필요한 VR 기어를 메이커에서 증산해서 저번보다 많이 출하했다는 뉴스였다.

그리고 오늘 아침 TV에는 VR 기어를 사려고 길게 줄을 선 사람들에 대한 뉴스도 나왔다.

"왠지 기쁘지. 우리가 즐기고 있는 OSO가 이렇게 인기가 많다니!"

"그래. 앞으로는 더 시끌벅적해지겠지."

나와 미우가 그런 이야기를 하고 있자니 타쿠미가 내 휴대폰으로 전화를 걸어왔다.

"오, 타쿠미야? 무슨 일인데?"

『지금 너희 집에 가도 되냐? 편의점에서 과자하고 음료수를 사갈 건데.』

"타쿠미, 무슨 속셈이야?"

휴대폰 너머에 있는 타쿠미에게 수상쩍어하는 목소리로 물어보자 타쿠미는 뻔뻔하게 대답했다.

『아니, OSO가 장기 점검이라 심심해서 점검이 끝나기 전에 숙제 좀 보여달라고 하려고!』

"정말, 진짜로 솔직하네. 보여주는 건 안 되지만, 모르는 부분이 있으면 가르쳐줄게. 타쿠미가 있으면 점검 때문에 안절부절 못하는 미우도 조금이나마 숙제에 집중할 수 있을 것 같고."

"앗, 타쿠미 씨, 편의점에 갈 거면 아삭아삭 군 소다 맛 좀 부탁해요!"

전화를 건 사람이 타쿠미라는 걸 알고 집에 올 거라는 이야기도 들었는지, 미우가 큰 소리로 그렇게 말하자 휴대폰 너머에서 쓴웃음을 지은 타쿠미는 알겠다는 말을 남기고 전화를 끊었다.

미우는 정말 응석을 잘 부린다고 해야 하나, 부탁을 잘한다고 생각하며 쓴웃음을 짓고는 타쿠미가 올 때까지 기다렸다.

그리고 잠시 후 현관문 초인종이 울렸고, 문을 열자 타쿠미가 왔다.

"이거, 과자하고 음료수 적당히 샀어. 그리고 미우가 좋아하는 아삭아삭 군도 사 왔으니까 냉동실에 넣어두는 게 좋을 거야."

"이것저것 사 오게 해서 미안해. 들어와."

"실례합니다. 덥더라~, 거실은 시원하네~."

타쿠미가 거실로 와서 실내와 야외의 온도 차를 느끼고 있던 와중에 숙제를 하고 있던 미우가 돌아보았다.

"타쿠미 씨, 어서 와! 게임 할래?"

"오, 좋은데! 할까!"

"야, 여름방학 숙제하는 거 아니었어?"

내가 타쿠미에게 받은 과자와 음료수를 정리하며 태클을 걸었지만, OSO 장기 점검 때문에 안절부절못하던 두 사람은 심심풀이로 게임을 하기 시작했다.

"보아하니 올해도 숙제를 베끼게 해주거나 가르쳐주게 되려나……."

타쿠미가 마실 차가운 보리차를 따르면서 살짝 한숨을 쉬었다.

그리고 나는 미우와 타쿠미가 게임을 하는 와중에 숙제를 차분히 해나갔다.

두 사람은 가끔 생각난 것처럼 숙제를 하다가도 다시 게임을 하곤 했다.

보통은 그 반대 아니야? 그렇게 생각하면서도 미우 혼자서는 안절부절못해서 숙제를 전혀 하지 못했던 걸 고려하면 괜찮을 것 같기도 했다.

그렇게 오후 3시가 되어갈 무렵, 켜둔 노트북 PC에 정보가 갱신된 것을 재빠르게 알아차린 미우가 나와 타쿠미를 불렀다.

"오빠! 타쿠미 씨! OSO 개발부에서 동영상을 올렸어!"

"진짜로? 슌, 과자하고 음료수 좀 부탁해!"

"그래, 그래."

나는 타쿠미의 말을 듣고 과자와 음료수를 준비했다.

그동안 테이블에 펼쳐둔 숙제를 정리하고 미우와 타쿠미가 한곳에 모여서 기다리고 있었다.

"자. 과자하고 음료수."

"얼른얼른, 오빠는 거기 앉고! 그럼 재생한다!"

소파 가운데에 나를 앉히고 오른쪽에 미우, 왼쪽에 타쿠미가 앉아 동영상을 재생시켰다.

『여러분, 오랜만에 뵙습니다. [Only Sense Online] 개발부 부장인 요시노 카즈히토입니다.』

OSO에서는 단골처럼 이벤트나 개발 정보를 알릴 때 나타나는 남자, 요시노 씨의 인사를 들으며 오른쪽에 앉은 미우가 새로운 정보를 애타게 기다리고 있었다.

『현재 OSO는 1주년 업데이트를 위해 장기 점검 중입니다만, 그 업데이트 내용의 일부를 이번에 먼저 전해드리려 합니다.』

"좋았어! 기다리고 있었다고!"

"타쿠미, 진정해……."

내 왼쪽에 앉아 몸을 앞으로 내밀며 화면 안으로 들어갈 듯이 바라보고 있던 타쿠미에게 진정하라고 말했지만, 듣지도 못한 것 같았다.

『OSO 개발부에서는 플레이어분들의 요청이나 플레이어분들의 행동을 해석하여 다양한 플레이어 니즈 발굴에 힘써왔습니다. 그 행동 해석 등을 기반으로 수요가 있을 거라 예측된 센스를 새로 추가하려 합니다.』

""──아싸! 새로운 센스!""

"둘 다 시끄러워……."

양쪽에서 흥분한 미우와 타쿠미에게 진정하라고 말했지만, 들어주질 않았다.

『그 신규 센스 중 일부를 먼저 알려드리겠습니다. 그중 하나로 [총] 계열 센스가 추가됩니다.』

"오, 총이라니, 멋질 것 같은데!"

동영상 안에서는 [총] 센스 발표에 맞춰 리볼버 같은 권총이나 머스킷 총, 대포 등 여러 종류의 총 카테고리 아이템 그림이 떴다.

『[총] 센스 업데이트에 맞춰 기존 아이템으로 존재했던 대포 등도 [총] 카테고리 아이템으로 수정됩니다. 그리고 NPC(논 플레이어 캐릭터)의 무기 상점 등에도 권총 등의 무기가 추가됩니다.』

그밖에도 총의 특징으로는 무기에 의존하는 고정 대미지 등이 있는 모양이다.

그리고 센스의 스테이터스 보정은 주로 물리 공격인 ATK와 명중에 관여하는 DEX 스테이터스가 많이 올라가는 것 같다.

종류로 따지면 [활] 계열 센스인 크로스보우 같은 기계궁에 가까워 보인다.

"타쿠미 씨, 어떻게 생각해?"

"무기 의존 계열 센스니까 뭐라고 하기가 힘든데. 그리고 ATK하고 DEX가 올라가는 걸 보니 중량급 무기를 운용하는 걸 고려하고 있는 거 아닐까?"

나중에는 가지고 다닐 수 있는 대포 같은 무기도 [총] 센스의 일부로 고려될지도 모르겠다.

그런데 그 이야기를 들은 나는 떨떠름한 표정을 지었다.

"슌, 왜 그래? 이상한 표정인데."

"아니, 물리 계열 원거리 센스에서 라이벌이 등장했잖아. [활] 센스의 입장이 더 안 좋아질지도 모른다고!"

내 말을 듣고 미우와 타쿠미가 쓴웃음을 지었다.

쓰레기 센스라는 말을 들으면서도 애착을 갖고 써온 [활] 계열 센스가 새롭게 업데이트될 [총] 센스의 하위호환 취급당하거나 평가가 떨어지는 건 아닐지 신경 쓰인다.

"오빠, 괜찮을 거야……, 아마도."

"그건 됐고, 다른 센스 발표도 보자고."

나는 [총] 센스의 발표를 보고 조바심이 난 상태로 따로 추가되는 신규 센스 발표를 보았다.

『지금까지는 다양한 센스의 부차적인 효과로 존재하던 [열기 내성]과 [한기 내성]을 하나의 센스로 확립시켰습니다. 지금까지 장비에 의존하던 면이 크던 이러한 능력을 센스 한 칸으로 대처할 수 있으며 효과도 중첩됩니다. 센스와 장비, 보조 아이템 등의 균형을 고려해서 센스 구성을 해주시면 좋을 것 같습니다.』

"아~, 이게 있으면 편리하겠지."

환경 적응을 위한 장비 한 세트를 맞추는 것보다 SP(센스 포인트)를 소비해서 내성 센스를 획득하는 게 편할 것 같긴 하다.

하지만 미우와 타쿠미는 떨떠름한 표정으로 그 발표를 바라보고 있었다.

"타쿠미 씨, 어떻게 생각해?"

"이거, 장비하고 센스를 양쪽 다 맞춰야 할 정도로 혹독한 환경 에리어를 업데이트하는 거 아니야?"

"그렇지……."

"아니, 그건 너무 심각하게만 보는 거 아냐?"

OSO 운영진의 발표를 너무 심각하게 받아들인 미우와 타쿠미에게 그렇게 말했지만, 두 사람이 대답하지 않는 걸 보니 정말로 그렇게 될 것만 같다.

장비와 센스로 대책을 세울 필요가 있다니, 얼마나 혹독한 환경인 건데. 마음속으로 불안한 생각이 든다.

『그리고 약초나 나무 같은 소재는 밭이나 플랜터 등으로도 재배할 수 있으며 일부 플레이어들이 그것을 활용하고 있습니다.』

"저거, [아트리엘]에 있는 약초밭 이야기지?"

『그러한 소재를 재배할 때는 아이템을 사용한 재배 촉진과 품질 향상, 채집량 증가 등이 가능합니다만 센스 보정이 전혀 없었습니다. 앞으로의 플레이어 인구 증가와 소비 계열 소재 수요를 감안한 결과, 그러한 소재 재배에 관련된 보정을 얻을 수 있는 [재배] 센스를 업데이트하기로 하였습니다.』

"오오! 앗싸!"

[아트리엘]의 약초밭을 손볼 때 항상 밭 관련 센스가 있으면 좋겠다고 생각했기 때문에 동영상에 뜬 발표를 보고는 나도 모르게 소리를 질러버렸다.

"잘됐다, 오빠!"

"잘됐어, 슌!"

미우와 타쿠미가 축하해주는 와중에도 신규 추가 센스 정보가 계속 이어졌다.

그밖에는 취득 조건이 밝혀지진 않았지만 복합 센스나 파생 센스 같은 정보도 있었고, 점검이 끝난 뒤 로그인해서 플레이어들이 직접 확인해달라는 내용이었다.

『그럼 이번 1주년 업데이트로 추가되는 마지막 신규 센스를 소개해드리겠습니다.』

마지막으로 소개되는 주요 센스 발표에 우리는 화면 안으로 들어갈 듯이 집중했다.

『마지막 센스는 대형 이상 크기의 MOB에게 입히는 대미지가 증가하는 센스. 이름하여—— [거물 킬러]입니다!』

"""오오오오오!"""

나와 미우, 타쿠미는 모두 소파에서 이 센스에 대해 기대했다.

『이 센스는 취득 SP량이 30 이상에 도달한 플레이어에게 해방되고, 취득에 필요한 SP가 10포인트로 다른 센스보다 많습니다. 하지만 대형 MOB에게 뛰어난 특효 대미지를 입힐 수 있는 그야말로 로망 같은 센스입니다.』

"그래! 로망이지, 멋지겠어!"

『초보는 이 센스를 목표로 삼고, 중상급자는 이 센스를 손에 넣어 레이드 보스에게 도전해보십시오.』

[거물 킬러], OSO를 나름대로 해온 플레이어를 대상으로 내놓은 센스에 나는 기대감을 품었다.

하지만 내 반응과는 대조적으로 미우와 타쿠미의 반응은 미묘했다.

"음~, 조건이 SP 30이라고? 중급자라도 얻을 수 있긴 하겠지만, 센스 구성에서 자유도가 줄어들겠는데."

"어? 어째서?"

미우가 그렇게 중얼거리자 내가 물어보았고, 타쿠미가 대신 대답해 주었다.

"초기 센스 10개의 레벨을 전부 30까지 올리면 SP가 30이라 취득 조건을 채울 수 있지만, [거물 킬러] 센스를 취득하는데 SP가 10이 필요하잖아. 그걸 빼면 초기에 취득한 센스를 상위 센스로 성장시킬 포인트밖에 안 남는다고."

"앗……."

[거물 킬러] 센스를 최단기간에 취득하면 그만큼 다른 센스를 취득할 여유가 없어지게 되긴 한다.

그리고 소지 SP 50포인트를 소비해서 발생시킬 수 있는 센스 확장 퀘스트 같은 것도 존재하기 때문에 SP에 여유가 있는 플레이어가 아니라면 [거물 킬러] 센스는 OSO의 플레이 폭을 줄이게 되어버린다.

"뭐, SP는 이벤트 같은 걸로도 받을 수 있으니까 딱히 신경 쓸 필요는 없을지도 몰라. 그리고 이런 센스의 효과는 아직 모르니까 검증되는 걸 기다려야지."

타쿠가 그렇게 중얼거리면서 소파에서 기지개를 켜는 와중에도 OSO 업데이트 공지 동영상은 계속 이어지고 있었다.

OSO 1주년 업데이트 내용은 이제 막 시작이라는 듯이 동영상 시간이 아직 꽤 남아있었다.

나와 미우, 타쿠미는 일단 동영상을 멈추고 음료수로 목을 축이며 숨을 돌린 다음 다시 재생을 시작했다.

●

"그럼 동영상을 다시 틀게."

숨을 돌리고 자세를 바로잡은 우리는 다시 동영상에 집중했다.

『——신규 추가 센스는 이상입니다. 그리고 자잘한 센스 관련 조정사항이나 버그 수정 등의 정보는 업데이트 이후 알림으로 확인하실 수 있습니다. 지금부터는 퀘스트와 시스템, MOB, 아이템 관련 업데이트 내용입니다.』

신규 센스만으로도 충분한데 정보가 더 있다니, OSO는 플레이어들을 얼마나 만족시키려는 거지? 나는 그런 기분으로 동영상을 보았다.

『우선, 퀘스트 계열 업데이트입니다. OSO에는 기간 한정요정 퀘스트, 겨울 퀘스트 이벤트 등 다양한 퀘스트가 있었습니다만, 플레이어에 따라서는 타이밍이 맞지 않아 그러한 이벤트에 참가하지 못하신 분들도 많이 계셨을 겁니다.』

"아~, 사회인 플레이어들 말이지."

"유급 휴가를 못 썼다고 이벤트가 끝난 뒤에 아는 플레이어가 그랬지."

미우와 타쿠미는 고개를 끄덕이며 그렇게 말했다.

『일부 퀘스트는 계속 수주할 수 있는 상황이었지만, 그러한 현실 쪽 사정으로 참가하지 못했던 플레이어들을 대상으로 요정 퀘스트와 겨울 퀘스트 이벤트에서 업데이트된 기간한정 퀘스트를 항상 진행할 수 있게 하였습니다.』

"요정 이벤트가 복각되는구나. 요정 MOB을 동료로 삼고 싶어 하는 사람이 많았으니까 좋겠네."

"그렇게 되면 거리에 요정 MOB이 나타나게 될 테니 화려해지겠어."

나와 미우는 각각 요정 퀘스트가 계속 진행되는 모습을 상상했다.

가끔 [아트리엘]에 벌꿀을 가져다주는 장난꾸러기 요정이나 마기 씨네 가게에서 화로의 화력을 강하게 만들어주는 불의 요정 등, 그 이벤트를 클리어한 플레이어 주위에서는 가끔 요정의 모습을 볼 수가 있다.

　요정 퀘스트가 항상 진행되어 OSO 전체에서 귀여운 요정들의 숫자가 늘어나면 곳곳이 더 화려해지겠지.

　"그리고 겨울 퀘스트 이벤트의 퀘스트 달성률은 86% 정도였잖아. 기간 중에 찾아내지 못했던 퀘스트 같은 것도 업데이트되겠고, 즐길 게 늘어나겠어!"

　『그리고 이러한 기간 한정 퀘스트가 항상 진행됨에 따라 새로운 퀘스트도 다수 마련해 두었습니다. 부디 OSO를 구석구석까지 돌아다니며 퀘스트를 찾아보시기 바랍니다.』

　퀘스트 복각뿐만이 아니라 신규 퀘스트도 추가되는 모양이었다.

　자세한 출현 퀘스트 내용은 동영상에 나오지 않았지만, 광대한 OSO 세계를 탐험하는 즐거움이 늘어나자 나는 볼이 실룩거리는 걸 느꼈다.

　『다음은 시스템 업데이트에 관한 내용입니다. 이건 4월에 진행된 준 기념일 업데이트 때 [미궁거리]에 추가된 전이 오브젝트, [스타 게이트]를 중심으로 한 업데이트입니다.』

　이쪽은 베타 버전 때 폐지된 이후로 1년에 걸쳐 개수된 컨텐츠라 더욱 기대된다.

　『[스타 게이트]로 에리어를 생성하는 데 중요한 아이템인 [심볼]에 새로운 종류를 추가하여 제2탄이라는 형태로 업데이트할 예정입니다.』

　"오오, 제2탄이 나오는구나!"

심볼이란 각각 다른 의미를 지닌 메달 같은 것이다.

그것을 보관할 수 있는 홀더가 있고, 모든 종류를 모으면 컴플리트 보수로 특별한 심볼을 받을 수 있는 등 콜렉션 요소도 있어서 재미있었다.

거기에 새로운 종류가 나온다니 더욱 기대가 커진다.

『예전부터 있던 제1탄 [심볼]과 조합해서 [스타 게이트]로 에리어를 생성하여 모험을 즐겨 주십시오.』

"흐에, 4월 업데이트 때부터 이런 것까지 생각하고 있었던 건가?"

옆에 앉아 있던 미우가 소리 내어 감탄하는 와중에도 스타 게이트 관련 공지는 계속 이어지는 모양이었다.

『그리고 [스타 게이트]의 에리어 전이 기능을 이용하여 과거에 업데이트된 이벤트의 무대 등을 업데이트해 나갈 예정입니다.』

과거 이벤트의 무대, 라는 말에 기억을 되살리는데 동영상 안에서 요시노 씨가 말하기 시작했다.

『우선, 여름 캠프 이벤트의 무대였던 부유도와 겨울 퀘스트 이벤트 종반에 등장한 크리스마스 던전 다섯 종류를 업데이트할 예정입니다. 당시에는 기간 한정이었기에 참가하지 못했던 플레이어분들뿐만 아니라 참가했지만 전부 돌아보지 못했던 플레이어분들께서는 꼭 참가해보십시오.』

"오오! 부유도가 복각되는구나! 괜찮네. 아직 가보지 못했던 곳도 있었단 말이지. 그리고 뤼이랑 자쿠로가 귀성하는 것도 기대되고."

"크리스마스 던전이라. 당시 센스나 장비로는 힘들었지만, 새로운 센스나 지금 같은 환경으로는 난이도가 내려갔을 것 같아. 기대되네!"

『또한, [스타 게이트]에는 다양한 테마의 에리어를 추가해 나갈 예정입니다.』

나와 미우가 기쁘게 이야기하는 와중에 [스타 게이트] 업데이트 공지가 끝나고 다른 시스템에 대한 설명이 이어졌다.

PVP(플레이어 버서스 플레이어)나 GVG(길드 버서스 길드) 등 플레이어들의 대전 환경을 갖추기 위해 플레이어들의 스테이터스를 균일화하는 기능이나 대전 필드 타입 등을 새로 업데이트하는 모양이었다.

나는 대인 전투에 별로 흥미가 없었기에 음료수를 마시며 대충 흘려들었다.

그밖에도 OSO에서는 갑작스럽게 마주쳐 전투한 뒤 죽어서 돌아오게 되는 경우가 많은 배회 보스 MOB 사신, 그림 리퍼에 대해 예전부터 불만이 많았던 모양이었다.

그로 인해 제1마을 남동쪽에 있는 묘지 던전 계층을 5계층에서 10계층으로 확장하고, 그림 리퍼는 최심부의 고정 보스로 배치하게 되었다.

그리고 그림 리퍼 대신 다른 비선공 배회 보스를 추가했으니 마주치면 도전해보라고 한다.

그밖에도 자잘한 조정 사항 등이 업데이트 이후에 알림판에 자세히 나와 있다는 모양이다.

문득 정신을 차리고 보니 벌써 동영상이 끝나가고 있었다.

『이번에는 점검 중에 기다리고 계실 플레이어분들을 위해 업데이트 내용 중 일부를 전해드렸습니다만, 자세한 업데이트 내용이나 이번에 설명하기 힘든 내용 등은 생략하도록 하겠습니다. OSO에 로그인하셔서 확인해주셨으면 합니다.』

OSO 개발부장인 요시노 씨의 인사로 동영상이 끝났다.

30분 정도 분량의 동영상은 OSO 업데이트 내용 공지가 전부였다.

하지만 그렇게 많은 내용이 일부에 불과하다는 사실에 만족한 수준을 넘어서서 멍해지기까지 했다.

그런 내 오른쪽 옆에 앉아있던 미우는 내 팔을 붙잡고 흥분한 상태였다.

"엄청 기대되는 내용이었지! 아~, 점검이 얼른 끝났으면 좋겠다! 오빠, 타쿠미 씨, 그렇지?"

"그래. 이야기만 들어도 신급 업데이트가 기대되는 내용이었으니까!"

둘 다 벌써 점검이 끝나는 게 기대되는 모양이었지만…….

"일단, 내일 OSO를 마음껏 즐기기 위해서 오늘은 남은 숙제를 해야지."

"응, 알았어!"

"좋았어, 해볼까!"

업데이트 내용 공지 동영상을 보고 의욕이 생긴 미우와

타쿠미는 그 기세로 여름방학 숙제를 팍팍 해나갔다.

그리고 여름 햇살이 사그라든 저녁 무렵에는 두 사람의 숙제 진도도 많이 나가 있었다.

나는 온 힘을 다 쥐어 짜낸 뒤 소파와 거실 바닥에 각각 늘어져 있던 미우와 타쿠미에게 말을 걸었다.

"고생했어. 하니까 되잖아. 아직 남긴 했지만, 꽤 많이 했지?"

"에헤헤, 이제 이번 여름은 잔뜩 놀 수 있겠어!"

"뛰어난 게이머는 게임에 맞춰서 일정을 조정하는 법이니까."

정말, 말은 잘하네. 내가 그렇게 생각하며 쓴웃음을 짓고 있자니 타쿠미가 어떤 제안을 했다.

"맞다. 내일 점검이 끝나면 또 이렇게 셋이서 모여서 업데이트 내용을 마저 확인할까?"

"괜찮네! 혼자서 확인하는 것보다 더 재미있을 것 같아!"

"나야 좋긴 한데."

나 혼자서는 그냥 넘겨버릴 업데이트 내용도 폐인 게이머인 미우와 타쿠미에게는 중요한 게 있을지도 모르겠다.

그리고 혼자서 업데이트 내용을 확인하는 것보다 모두 함께 시끌시끌 떠들면서 확인하는 게 즐겁지 않을까.

"그럼 숙제도 많이 했으니까 나는 갈게. 내일 로그인하기 직전에 메일이라도 보낼 테니까."

"그래, 타쿠미 너도 조심히 가라."

"타쿠미 씨, 내일 봐!"

나와 미우는 현관에서 타쿠미를 배웅했고, 그런 다음 미우도 끝낸 숙제를 내팽개친 채 자기 방으로 돌아갔다.

혼자서 거실을 정리하던 내 가슴은 OSO의 1주년 업데이트에 대한 기대감으로 부풀었다.

내일 점검이 끝나면──, 2년 차 온리 원 게임이 시작된다.

1장 추가 아이템과 귀성

"오빠, 점검이 끝난 것 같으니까 먼저 로그인할게!"

오전 11시 반쯤──, OSO 점검이 끝나는 시간에 맞춰서 일찌감치 점심 식사를 한 미우가 자기 방으로 뛰어간 직후, 타쿠미가 메일을 보냈다.

"음──, '점검이 예정보다 조금 일찍 끝났으니까 먼저 로그인한다'──라. 그럼 알겠어라고 보내야지."

짧막하게 답장을 보낸 나도 미우처럼 내 방으로 돌아가 VR 기어를 들었다.

"이걸 쓴 지도 벌써 1년이란 말이지."

기본적으로는 머리에 장착하고 침대에 누워서 조심스럽게 쓰고 있지만, 그래도 자잘한 흠집이나 얼룩 같은 게 눈에 띄었다.

나와 OSO 세계를 이어주는 소중한 도구를 한 번 쓰다듬은 다음, 머리에 장착하고 침대에 누워 로그인했다.

OSO 로그인 지점인 [아트리엘]의 공방에 도착한 나는 [아트리엘]에 소환해 두었던 뤼이와 자쿠로를 찾아보았다.

"뤼이, 자쿠로, 어디 있어?"

『뀨우~!』

내가 공방에서 나와 부르자 도등화 나무 아래에 뤼이와

자쿠로가 드러누워 있었다.

내가 부르는 목소리를 듣고 일어선 뤼이와 자쿠로가 내게 다가왔다.

품속으로 뛰어든 자쿠로를 한쪽 팔로 안아 들고는, 뤼이의 목덜미를 쓰다듬으며 찰랑찰랑한 갈기를 손가락으로 빗어주고 말을 걸었다.

"오랜만이지? 쓸쓸하지 않았어?"

『뀨우?』

오랜만이라는 말에 뤼이와 자쿠로는 고개를 갸웃거리는 듯이 나를 올려다보았다.

내 감각으로는 현실에서 사흘 동안의 장기 점검으로 인해 한동안 만나지 못한 것 같은 느낌이다.

하지만 점검 중에는 OSO의 흐름이 멈춰서 뤼이와 자쿠로, NPC들은 그걸 느끼지 못할지도 모르겠다.

그런 생각을 하는 나 자신에게 쓴웃음을 짓고 나서 뤼이와 자쿠로를 데리고 우드덱으로 향했다. 차와 과자를 마련해 두고는 뮤우와 타쿠가 오기를 기다렸다.

그리고——.

"윤 언니, 나 왔어~! 뤼이, 자쿠로, 오랜만이야~!"

"윤, 나 왔다……, 에휴…….."

"뮤우, 타쿠, 어서 와. 그런데 타쿠는 왜 그래?"

왠지 기운이 없어 보이는 타쿠를 보고 내가 걱정스럽게 말을 걸자 긴 한숨과 함께 설명이 돌아왔다.

"실은——, 내 검 콜렉션 가치가 폭락했거든."

"뭐어? 검 콜렉션?"

타쿠는 OSO에서 장검 두 자루를 다루는 이도류 검사 스타일 플레이어다.

그 플레이 스타일 때문에, 상황에 맞게 다양한 추가 효과를 지닌 장검을 바꿔가며 싸우기 위해 장검을 잔뜩 모아두고 있다.

그렇게 타쿠가 모은 장검은——, 검 콜렉션으로 알려져 있다.

그 검들 중 대부분은 생산직이 만들어낸 검, 던전에서 얻을 수 있는 추가 효과가 랜덤으로 부여되는 검, 명공 NPC가 만들어낸 NPC 고유의 추가 효과를 지닌 검, 그밖에도 보스의 고유 드롭 아이템인 유니크 무기로 나뉜다.

"어째서 그런 일이……."

"윤 언니. 이유는 이거 때문이야."

내가 의문을 품고 있자니 뮤우는 알림판의 업데이트 내용에서 어떤 항목을 띄웠다.

"음, 신규 추가 아이템인 [교체 소형 망치]?"

교체 소형 망치 [소모품]

장비품에 부여되는 추가 효과를 같은 계통의 다른 아이템으로 옮길 수 있는 소형 망치.

교체한 뒤에는 20퍼센트의 확률로 소형 망치가 부서진다.

"아~, 그렇구나⋯⋯, 그래도 편리한 아이템이 추가됐네."

나는 그 추가 아이템의 설명 문구를 읽고 어째서 타쿠의 검 콜렉션 가치가 폭락한 건지 이해했다.

예를 들어――, 강화 소재를 통해 부여한 [화속성 향상(중)]의 추가 효과를, 지닌 반지보다 더 뛰어난 소재로 만든 액세서리로 옮기고 싶을 경우.

지금까지는 희귀한 강화 소재 등을 다시 모아서 다시 부여해야만 했지만, 이걸 사용하면 새로운 소체에 옮기기만 하면 된다.

"생산직으로서는 고마운데. 추가 효과를 교체할 수 있다면 상황에 따라 불필요한 추가 효과도 없앨 수 있겠고."

지금까지는 강화 소재 계열 아이템의 가격이 비쌌지만, [교체 소형 망치] 덕분에 추가 효과를 재활용할 수 있다면 가격이 꽤 떨어질 것 같다.

강화 소재를 사기 편해지면 좋을 것 같다는 생각을 하고 있자니 타쿠가 퀭한 눈으로 나를 바라보았다.

"젠장, 업데이트가 모든 플레이어에게 유리하게 작용하지 않는다는 건 알고 있었지만, 설마 내가 피해를 보게 될 줄은 몰랐어. 아, 명공에게 만들어 달라고 한 검이나 경매에서 1500만G나 주고 산 검의 가격이 떨어졌다고!"

"자자, 타쿠 씨는 검을 팔지 않았을 테고, 지금까지 즐긴 가격이라고 생각하면 되니까."

뮤우가 그렇게 말하며 타쿠에게 과자를 권했고, 내가 셋이서 마실 차를 준비했다.

따스하고 향기가 좋은 차와 달콤한 과자를 먹자 타쿠의 어깨에서 힘이 쭉 빠졌다.

"윤, 뮤우. 미안해, 꼴사나운 모습을 보여서."

"아니, 상관없긴 한데……, 왠지 업데이트 내용을 확인하는 게 겁나기 시작했어."

"괜찮아, 윤 언니! 그럼 하나씩 확인해보자!"

그리고 우리는 메뉴에서 알림판을 띄워 OSO의 1주년 업데이트 내용을 확인했다.

"음……, 업데이트 내용으로 뭐가 있지?"

"1주년 기념으로 OSO에 로그인한 플레이어들에게 아이템을 나누어준대."

알림판에 뜬 항목은 여러 가지로 나뉘어 있었고, 첫 항목은 이제부터 시작하는 초보 플레이어들을 지원해주는 아이템 배포였다.

"나누어주는 아이템은 10만G, SP 10포인트, [익스피리언스 오브] 10개라……."

바로 인벤토리와 센스 스테이터스를 확인했다.

소지 SP 48

[마궁 Lv36] [하늘의 눈 Lv40] [간파 Lv47] [강력 Lv13]

[준족 Lv40] [마도 Lv45] [대지속성 재능 Lv30]
[부가술사 Lv20] [염동 Lv20] [조교사 Lv3] [요리인 Lv24]
[잠복 Lv10]

대기
[활 Lv55] [장궁 Lv45] [조약사 Lv32] [장식사 Lv10]
[연성 Lv13] [수영 Lv25] [언어학 Lv28] [등산 Lv21]
[생산직의 소양 Lv37] [신체내성 Lv5] [정신내성 Lv15]
[급소의 소양 Lv16] [선제의 소양 Lv18] [낚시 Lv10]

　돈이나 아이템은 인벤토리에, SP는 센스 스테이터스에
배분되어 있었다.
　10만G가 있으면 생산직들이 OSO 업데이트 이전부터 준
비하던 초보용 장비를 맞출 수 있다.
　그리고 SP 배포는 초기 10포인트로 맞춘 센스 조합이 안
좋더라도 바로 다른 센스를 취득할 수 있게끔 배려하기 위
한 건지도 모르겠다.
　"내가 시작했을 때 이게 있었다면 좀 더 편했을 텐데……."
　뮤우와 타쿠, 세이 누나 같은 사람들은 베타 버전에서 이
어진 소지금이 있었고 센스 구성도 어느 정도 정해두고 있
었지만, 나는 전혀 모르는 상태로 시작했다.
　지금은 이 생산직과 궁수 조합이 가장 애착이 가지만 가

게에서 화살을 사지 못할 정도로 돈이 부족했던 시절이 생각날 때도 있다.

그리고 마지막으로 [익스피리언스 오브]——, 다시 말해 경험치 증가 아이템이다.

"[익스피리언스 오브]는 처음 보는 아이템인데. 그런데 나도 쓸 수 있는 거야?"

이걸 사용하면 한 시간 동안 레벨이 10 미만인 센스에 들어오는 경험치가 1.5배로 늘어나는 것 같은데, 초보가 아닌 내게는 필요가 없어 보인다.

"윤 언니도 전혀 못 쓰는 건 아니야. 레벨 10 미만이니까 성장하거나 파생해서 레벨이 1로 돌아가거나 새로운 센스를 취득했을 때도 쓸 수 있어."

상위 센스로 성장하거나 파생되었을 경우, 그 센스의 레벨은 1로 돌아간다.

상위 센스는 레벨이 올랐을 때 스테이터스 상승량이나 다양한 행동 보정이 강하게 붙는다.

그런 한편, 레벨이 1로 돌아가기 때문에 성장 전의 센스와 비교하면 일시적으로나마 스테이터스 상승량이 떨어지게 된다.

그럴 경우에 이 [익스피리언스 오브]를 사용하면 빠르게 레벨을 올릴 수 있는 것이다.

"왠지 이런 아이템을 받으면 쓰는 게 아까운 느낌이 든단 말이지."

내가 그렇게 중얼거리자 타쿠가 그 [익스피리언스 오브]에 대해 어떤 사실을 가르쳐 주었다.

"벌써 [익스피리언스 오브] 사재기가 시작되었어. 하나당 100만G로."

"뭐어?! 비싸잖아! 왜 이래?!"

"톱 플레이어가 [익스피리언스 오브]의 가치를 눈치챘든가, 아니면 되팔이 길드가 나중에 가격이 오를 걸 기대하고 사재기를 시작한 거겠지. 업데이트로 내 검처럼 다양한 아이템의 시세도 바뀔 것 같으니까, 윤, 너도 아이템 시세를 확인해 두라고."

보아하니 업데이트로 인해 아이템의 시세가 바뀌어서 노점 중 대부분은 매매를 중단한 것 같았다.

유일하게 초보 플레이어를 위한 장비나 소모품을 미리 준비해둔 생산 길드와 거기에 협력하는 플레이어들만 원래 예정 가격으로 팔기 시작한 모양이다.

"윤 언니도 그렇고 타쿠 씨도 이야기가 다른 곳으로 빠졌잖아. 그건 됐고 업데이트 내용을 마저 보자!"

"그, 그래야지."

이미 배포 아이템만으로도 큰 변화를 느끼고 있긴 하지만, 업데이트 내용은 아직 남았다.

"어제 동영상으로 본 게 주요 내용이고, 나머지는 자잘한 조정사항만 나와 있는 건가?"

"추가 아이템 항목도 꽤 숫자가 많은 것 같은데."

신규 아이템 중 대부분은 업데이트로 알리는 것보다 플레이어들이 자발적으로 탐색해서 발견하는 즐거움이나 놀라움을 남겨두기 위해 존재에 대해서만 알리는 데 그쳤다.

하지만 예외적으로 방금 이야기가 나왔던 [교체 소형 망치]처럼 모든 플레이어가 평등하게 알고 있더라도 문제가 없는 편의상 아이템의 추가 정보는 적혀 있었다.

"음──, [익스팬션 키트]라. 장비의 추가 효과 슬롯을 늘려주는 아이템이네. 이거 좋은데."

그렇게 나와 있는 추가 아이템 중 하나로 공구 상자처럼 생긴 아이템인 [익스팬션 키트]가 있었다.

그 아이템의 효과는 대상 장비의 추가 효과 슬롯을 한 칸 늘려주고, 최대 세 번까지 사용할 수 있다.

"이거 좋다. 입수 방법은 적혀 있지 않지만, 다양한 것들을 해볼 수 있겠어."

이번 1주년 업데이트는 센스뿐만이 아니라 장비에도 플레이어마다 각각 다른 개성을 드러낼 수 있게끔 파고드는 요소를 추가한 것 같아서 기대감이 커진다.

그렇게 셋이서 업데이트 내용을 하나씩 확인해 보았는데, 동영상에서 미리 공지된 주요 업데이트 이외에는 '실제로 플레이어가 발견했으면 한다'는 것과 '자잘한 버그나 조정' 등이 대부분이었다.

"휴우, 이제 검증 결과나 정보가 나올 때마다 떠들썩해지겠지."

"그렇겠네. 앗, 이 시스템 조정은 윤 언니하고 제일 크게 관련이 있지 않나?"

슬슬 업데이트 내용을 확인하는 것도 피곤해지기 시작했을 때, 맞장구를 치던 뮤우가 어떤 조정 항목을 발견했다.

"음──, '상태이상 내성과 지속 대미지에 관한 조정' 말이지?"

적혀 있는 내용은 기존 상태이상인 독과 세이 누나의 빙 속성 마법에 존재하는 지속 대미지에 관한 조정이었다.

지속 대미지는 대상에게 1초마다 최대 HP의 1퍼센트 대미지를 지속적으로 가하는 것이다.

예를 들어 HP가 100인 졸개 MOB에게는 독의 대미지가 1초에 1로 매우 낮지만, HP가 100만인 적에게는 대미지도 1만이라 적 MOB마다 지속 대미지 차이가 컸다.

그리고 그런 지속 대미지의 시스템을 이용해서 HP가 낮지만 상태이상 내성이 낮은 MOB에게 상태이상약을 계속 던져서 자신보다 강한 상대를 쓰러뜨리는 독 꼼수 전법 등도 있었다.

그렇기 때문에 운영 쪽에서는 지속 대미지의 효과는 그대로 둔 채 입힐 수 있는 대미지에 한계치를 설정하고, 그 대신 모든 MOB의 상태이상 내성을 낮춘 것 같았다.

한계치를 설정함으로써, 예를 들어 HP가 100만인 적이라고 해도 한계치가 1000으로 설정되어 있다면 독이 딱히 강하게 작용하지는 않는다.

"이 조정은 좀 괜찮은 것 같은데. 강한 보스 MOB은 상태 이상을 대부분 저항해버리니까."

"그렇긴 하지. 그리고 독이나 연소, 동결 같은 지속 대미지가 원래 이미지 같은 효과가 된 느낌이고."

단지 지속 대미지 계열 상태이상의 약화와 게임 전체적인 상태이상 내성의 저하의 균형을 고려하면 또 아이템 가치가 바뀔 것 같다.

"뭐, 신경 쓰이는 부분은 그 정도인 것 같아."

업데이트 내용 확인을 마친 우리가 차를 단숨에 마시자 차는 이미 차가워져 있었다.

생각했던 것보다 업데이트 내용 확인에 시간을 많이 들였나 보다.

●

업데이트 내용을 전부 확인하긴 했지만, 전부 이해했다고는 할 수가 없다.

그 정도로 정보가 많았기에 각각 필요한 것에 맞춰서 익숙해질 수밖에 없다.

그리고 업데이트 내용 확인을 마친 우리는 바로 센스 스테이터스에 신규로 추가된 센스를 취득했다.

"그럼, 예전부터 있었으면 좋겠다고 생각한 [재배] 센스랑 편리한 [열기 내성], [한기 내성]을 취득할까?"

모두 SP 1포인트로 취득할 수 있기 때문에 로그인했을 때 받은 SP로 충분히 얻을 수 있다.

"윤 언니는 역시 그 센스를 얻었구나. [재배] 센스는 구체적으로 어떤 효과가 있어?"

"음, 관리하는 약초나 나무 같은 것들의 성장 속도나 품질이 향상되는 것 같아. 그리고 센스 장비칸에 장비하지 않고 가지고 있기만 해도 효과가 발휘되는 것 같고."

내가 취득한 [재배] 센스 설명 문구를 읽어주자 타쿠가 감탄하며 고개를 끄덕였다.

"센스 장비칸을 압박하지 않는 건 좋네. [재배] 센스는 장비하지 않아도 효과가 발휘되는 센스를 시험적으로 도입하는 건지도 모르겠어."

센스는 장비함으로써 특정한 행동에 판정을 발생시키고, 패시브 효과를 얻을 수 있다.

하지만 패시브 효과가 목적인 센스는 장비했다가 떼고, 가끔은 장비하는 걸 깜빡하는 등, 관리하기 귀찮은 상황도 있다.

그러한 불편함을 해소하기 위해 장비하지 않은 센스도 효과를 발휘하게 하는 것을 시험적으로 운영하기 위해 [재배] 센스에 도입한 건지도 모르겠다, 타쿠는 그렇게 고찰했다.

"그러면 좋겠어. [수영]이나 [등산], [언어학] 센스는 특정한 상황에서만 쓰니까."

특히 [언어학] 센스는 수수께끼를 풀거나 책을 읽을 때만 쓰기 때문에 장비하지 않아도 항상 적용되면 좋을 것 같다.

"그래서 뮤우하고 타쿠는 새로운 센스를 취득할 거야?"

"나는 윤 언니랑 마찬가지로 [열기 내성]하고 [한기 내성]? 레벨을 10까지 올리면 소비한 SP가 돌아오니까 취득해도 손해는 없거든."

"나도 윤하고 뮤우처럼 내성 계열 센스랑 [거물 킬러] 센스를 취득해볼 생각이야."

그렇게 신규 센스 취득 이야기를 화기애애하게 나누었다.

그리고 업데이트 알림판과는 별개로 올해 여름 이벤트에 관한 공지사항이 있었기에 타쿠가 그것을 읽어주었다.

"올해 이벤트에 관한 내용이네. ——'이벤트는 1주년 업데이트로부터 열흘 뒤에 알려드릴 예정입니다'——라는데."

업데이트와 동시에 이벤트를 시작하지 않는 건 기존 플레이어들이 업데이트 내용을 파악하고 새롭게 시작하는 플레이어들이 OSO에 익숙해지는 기간을 주기 위해서인가?

그리고 신규 플레이어들이 갑자기 이벤트에 직면해서 할일이 너무 많아 혼란스러워하지 않게끔 하기 위한 의도도 있을지 모르겠다.

그렇게 고찰하며 올해 여름 이벤트를 기대하고 있자니 문득 뮤우와 타쿠가 나를 바라보고 있다는 걸 눈치챘다.

내가 고개를 들자 뮤우와 타쿠가 말을 걸었다.

"저기, 윤 언니. 부탁하고 싶은 게 있는데, 괜찮을까?"

뭐지? 그렇게 생각하며 두 사람을 보자 기대가 담긴 눈초리가 돌아왔다.

"있지. 예전부터 몬스터가 드롭한 아이템의 여러 가지 추가 효과를 한 액세서리에 달 수 있으면 좋겠다고 생각했거든."

"나도 가지고 있는 던전 드랍 검의 추가 효과를 다른 검으로 옮기고 싶었단 말이지. 부탁할 수 있을까?"

무슨 부탁을 하는 건지 대충 짐작이 갔다.

"아, [교체 소형 망치]로 만들고 싶은 장비가 있는 거구나. 그건 상관없는데, 소재는 뮤우하고 타쿠가 가지고 와야 해."

"알았어! 내게 맡겨! [교체 소형 망치]를 찾아올게!"

"좋아! 나하고 뮤우가 필요한 소재를 모아올 테니까!"

내가 제안을 받아들이자마자 두 사람은 [교체 소형 망치]를 찾기 위해 [아트리엘] 밖으로 나가버렸다.

"정말……, 소란스럽다고 해야 하나, 행동력이 있다고 해야 하나."

그 행동력을 보고 멍해진 나와 뤼이, 자쿠로는 두 사람의 뒷모습을 바라보았다.

"자, 나도 뤼이, 자쿠로하고 같이 나가볼까. 쿄코 씨, 평소처럼 가게 잘 봐줘."

"네, 조심히 다녀오세요."

[아트리엘]의 카운터에 앉아 가게를 보고 있던 쿄코 씨는 애교 있는 미소로 우리를 배웅해 주었다.

"그러고 보니 쿄코 씨하고 함께 지낸 지도 1년이 된 건가?"

여러모로 감동을 느낀 나는 뤼이, 자쿠로를 데리고 공방에 있는 미니 포탈을 통해 미궁거리로 전이했다.

"자, [스타 게이트]는 저쪽이지."

나는 고리형 전이 오브젝트인 [스타 게이트]로 가는 도중에 심볼 가게에 들러 제2탄으로 새롭게 추가된 심볼을 몇 개 산 다음 다시 출발했다.

준 기념일 업데이트 때 심볼이 아이템으로 추가된 직후에는 사재기와 되팔이 때문에 어수선했었다.

이번에는 그런 문제가 없는 것 같아서 안심하며 [스타 게이트]가 있는 건물에 도착했다.

"아~, 역시 다들 과거 이벤트 복각을 기대했던 모양이네."

[스타 게이트]가 있는 건물 안에는 플레이어들이 꽤 많이 모여있었다.

이벤트 당시에는 현실 쪽 사정이나 늦은 시작 시기 때문에 참가하지 못했던 플레이어도 조금이나마 당시의 분위기를 맛보기 위해 모여 있었다.

나도 뤼이, 자쿠로와 함께 [스타 게이트]의 줄에 서 있다가 문득 시선을 느끼고 그쪽을 보았다.

"앗……."

내가 돌아보자 상대 파티 남자 세 명이 당황했고, 다른 세 명이 약간 험상궂은 표정으로 찔러대고 있었다.

당황하는 세 명은 누구지? 내가 그렇게 생각하며 고개를 갸웃거리고 있는데 세 사람이 내게 다가와 고개를 크게 숙였다.

"저기, 작년에는 미안했어. 폐를 끼쳤지."

갑자기 고개를 숙여서 놀랐고, 다시 그들의 얼굴을 보니 누군지 생각이 났다.

"앗! 작년 캠프 이벤트 때!"

『뀨우?』

뤼이와 자쿠로는 고개를 갸웃거리며 진짜로 누군지 모르는 기색이었다.

작년, [사병의 팔찌]로 인해 폭주한 자쿠로의 불꽃에 피해를 입은 플레이어다.

동료가 이벤트를 중간에 포기하고, 착각으로 우리와 폭주 피해를 일으킨 자쿠로를 습격했던 플레이어들이다.

"그때는 정말 여러모로 폐를 끼쳤어."

"아니, 지금까지 잊고 있었고……, 그때 사과도 받은 데다 제일 폐를 끼친 뤼이하고 자쿠로도 잊어버린 것 같으니까 상관없어."

내가 신경 쓰지 않는다는 것을 알자 세 사람의 표정에서 험상궂은 느낌이 사라졌다.

"그렇게 말해주니 고맙네. 이번에는 그때 멤버하고 다시 부유도에 갈 수 있게 되었어. 1년 동안 OSO를 계속 하길 잘했지."

"당시하고 똑같지는 않겠지만 즐길 수 있으면 좋겠다. 나도 이제부터 뤼이하고 자쿠로를 데리고 부유도로 귀성하려고."

내가 그렇게 말하자 세 사람은 마치 눈부시다는 듯이 눈을 가늘게 뜬 다음, 동료 파티 곁으로 돌아갔다.

"OSO를 계속 했구나. ……다행이야."

세 플레이어의 뒷모습을 보고 조용히 중얼거리고 있다 보니 [스타 게이트] 차례가 돌아왔다.

전이할 곳으로 심볼이 필요 없는 에리어 일람이 떴고, 나는 그중에서 여름 캠프 이벤트 때 갔던 부유도를 선택해서 전이했다.

"그럼 뤼이, 자쿠로, 갈까!"

『뀨우!』

뤼이, 자쿠로와 함께 [스타 게이트] 고리 안을 지나 부유도로 전이했다.

[스타 게이트]를 빠져나간 곳에는 딱 좋은 공터가 펼쳐져 있었다. 주위는 나무가 자라난 숲이었다.

"여긴 어디 근처일까. ……앗, 당시의 지도 기능이 아직 살아있네!"

여름 캠프 이벤트 때는 초기에 맵이 그려져 있지 않았고, 파티 멤버가 도달한 주위 지역의 맵이 기록되어 나갔었다.

그때의 맵이 메뉴에도 떠 있고, 갱신 기능도 남아있는 것 같았다.

"여기는 부유도의 동쪽 [스타 게이트] 앞이구나."

보아하니 [스타 게이트] 에리어 용으로 조정이 되어 있는지 부유도 중앙과 동서남북 베이스 캠프 터에 스타 게이트를 설치한 모양이었다.

전이 지점은 랜덤으로 정해진 [스타 게이트] 앞이지만, 다른 곳도 등록하면 게이트 간의 전이도 가능한 것 같다.

"이벤트 때와 어떤 점이 다른지 찾아보는 것도 재미있을지 모르겠네."

그렇게 말하며 한 발짝 내디뎠는데, 뤼이가 내 옷자락을 물고 잡아당겼다.

"어, 뤼이, 왜 그래? 아, 저쪽 방향이라고? 그래그래, 알았어."

어디론가 유도하려 하는 뤼이를 따라가 보니 나와 뤼이의 추억이 있는 장소에 도착했다.

"뤼이가 오고 싶었던 곳이 여기구나. 그러고 보니 여기에서 만났었지."

숲을 가로지르는 낡은 수로와 밀밭을 내다볼 수 있는 언덕 위──, 그곳에서 나는 뤼이와 만났다.

"잊어버리지 않았어. 제대로 기억하고 있다고."

내가 언덕 위에 앉아 무릎을 툭툭 두드리자 뤼이는 내 무릎에 머리를 대고 자기 시작했고, 자쿠로도 뤼이의 몸에 기대듯 잠들었다.

그러고 보니 처음으로 무릎베개를 해준 게 그때였나? 그렇게 떠올리며 뤼이의 갈기를 손가락으로 부드럽게 빗어주었다.

한동안 평화로운 분위기로 느긋하게 시간을 보낸 다음, 만족한 뤼이가 일어섰다.

"뤼이, 이제 됐어? 그럼 계속 탐색해볼까?"

나도 자쿠로를 안아 들고 예전에 지나왔던 부유도의 궤적을 더듬어가듯이 걷기 시작했다.

──쓰러져 있던 레티아를 발견하고 구해준 곳.

──호수 바닥의 유적과 이벤트 보스인 [환수 포식자]와 싸웠던 남쪽 호수.

──지금은 풀로 뒤덮여 있지만, 예전에는 폭주한 자쿠로가 괴멸시킨 베이스 캠프 터 등.

추억이 있는 곳을 차례차례 돌아보는 와중에 약초 같은 것들도 채집하며 부유도를 느긋하게 산책했다.

"당시에는 각각 맞는 센스로 아이템을 감정했는데, 그런 부분은 없어졌단 말이지. 그리고 이벤트의 함정 요소였던 상태이상 계열 식물도 없어졌고."

방금 채집한 것은 맛있어 보이는 자두 같은 식물 아이템이다.

딱히 스테이터스 강화 효과가 없는 만복도 회복용 과일을 채집하고 있자니 문득 머리 위에서 시선이 느껴져서 근처 나무를 올려다보았다.

그 나무 위에는 기다란 몸통에 하얀 털과 붉은 눈을 지닌 MOB이 있었다.

"저건……, 족제비인가?"

이벤트 당시, 폭주한 자쿠로와 마찬가지로 디메리트가 있는 액세서리를 억지로 장착하게 됐던 새끼 동물이 생각났다.

그런데 당시보다 훨씬 커진 성수 상태가 되어 우리 앞에 나타난 것이다.

"그때 보았던 개체……였으면 좋겠네. 이봐~, 방금 딴 과일 먹을래?"

손에 있던 자두를 들어 올렸지만, 족제비가 고개를 홱 돌려서 쓴웃음이 나왔다.

어쩔 수 없이 근처 나무 구멍 안에 넣어두고 과일을 채집하고 있는데 족제비가 넣어둔 자두를 먹고 있었기에 또 쓴웃음이 나왔다.

"그건 그렇고……."

부유도를 돌아다녀 보니 비선공 MOB이 잔뜩 있었고, 그것들이 멀리서 플레이어들을 바라보고 있었다.

이벤트 당시엔 귀여운 새끼·동물 상태였지만 1년 정도 뒤에 복각되어 새끼 동물들도 성수로 배치된 건지도 모르겠다.

"당시 이벤트에 참가하지 못했던 플레이어들도 파트너인 사역 MOB을 만들 기회가 생기겠지. 그리고 당시에는 MOB과 사이좋아지지 못했던 플레이어들도……."

문득 숲 안쪽에서 플레이어의 모습이 보였다.

『이봐~! 내 소중한 새끼 동물들은 어디 있어?! 어디 있냐고~!』『나의 힐링! 마지막으로 준 우호의 증거인 깃털은 지금도 가지고 있다고오오오! 모습을 보여줘~!』『아, 그렇게 귀여웠던 아이가 이렇게 듬직하게……, 아니, 끄아아아아악!』

캠프 이벤트 당시에 함께 지냈던 새끼 동물들을 찾고 있는 듯하다. 두 사람은 찾아내지 못하고 방황 중이었고, 한 명은 성수가 되어 멋지게 큰 모습을 보고 놀란 모양이었다.

"희귀 MOB이니까 파트너로 삼는 건 힘들지도 모르겠네."

이벤트 당시에는 이벤트 기간이 정해져 있었고, 새끼 동물 상태였다.

[조교] 센스가 없어도 우호 관계를 맺을 수 있었으니 파트너로 삼는 조건이 쉬웠는지도 모르겠다.

항상 복각된 상태인 지금은 성수가 된 희귀 MOB이기 때문에 일반적으로 사역 가능한 MOB을 조교하는 것보다 난이도가 높을 수도 있다.

"뭐, 노력하다 보면 조만간 사이좋게 지낼 수 있겠지."

그런 그들을 보며 우리는 숲을 탐색해 나갔다.

가끔씩 성수가 된 사역 MOB이 보이는 와중에 검붉은 살덩어리로 이루어진 괴물――, 환수 사냥꾼들이 돌아다니는 모습도 보였다.

"아~, 저건 선공 적으로 배치해둔 건가?"

나는 큰 눈을 이리저리 움직이며 표적을 찾는 환수 사냥꾼을 향해 장궁을 겨누었다.

"가라――, 《궁기 · 단발 꿰기》!"

숲 나무 사이를 뚫고 날아간 화살이 환수 사냥꾼의 약점인 눈알을 꿰뚫고 박살 냈다.

이벤트 때는 약점만 박살 내면 쓰러뜨릴 수 있는 보스의 졸개였지만, 지금은 HP 게이지가 있는 적으로 조정되어서

그런지 일격에 쓰러뜨릴 수가 없었다.

화살로 꿰뚫은 눈알은 검붉은 살에 파묻히고 몸의 다른 부위에서 새로운 눈알이 생겨나 이쪽을 보았다.

그런 환수 사냥꾼을 향해 말없이 연속으로 화살을 날려 약점인 눈알을 전부 꿰뚫으며 내게 다가오기 전에 일방적으로 쓰러뜨렸다.

"뭐, OSO가 시작된 당시의 적이니까 이 정도려나?"

미궁거리에 도착하면 아무런 조건 없이 방문할 수 있는 복각 에리어이기 때문에 습지대 근처에 있는 MOB 정도의 능력으로 전체적인 조정이 이루어졌는지도 모르겠다.

이벤트 당시보다 MOB이 강해졌다 하더라도 내가 훨씬 더 강해졌다는 사실을 새삼 실감했다.

●

"이건 어디에 쓰는 걸까."

부유도 곳곳에 있는 소규모 던전이나 예전에는 가지 못했던 부유도 구석구석까지 탐색하며 지도를 갱신해 나갔다.

그 도중에 가끔씩 마주친 환수 사냥꾼을 쓰러뜨리자 까만 석판 같은 아이템──, [폭수 각인 파편]을 드롭했다.

이벤트 당시에 환수 사냥꾼은 드롭 아이템이 없었는데, 복각에 맞춰 추가된 모양이었다.

"이번에는 [폭수 각인 파편 E]인가? 이제 전부 다 모인 것 같네."

지금까지 쓰러뜨린 환수 사냥꾼들이 드롭한 각인에는 A 부터 F까지 알파벳이 있었고, 그것들을 한데 모으자 육각형 석판 형태가 되었다.

폭수 각인 원반 [소모품]
폭수 각인 파편 A ～ F를 한데 모아서 만든 석판.
환수 포식자를 봉인한 곳을 나타내는 석판임과 동시에 봉인의
열쇠이기도 하다.
특정한 지점에서 사용함으로써 환수 포식자에게 도전할 수 있다.

석판 파편을 합치자 이벤트 보스인 [환수 포식자]에게 도전하는 데 쓰는 석판으로 변화했다.

"그렇구나, 이걸 써서 [환수 포식자]에게 도전할 수 있는 건가?"

이 부유도는 복각 에리어로 조정되었기 때문에 환수 사냥 꾼과 마찬가지로 보스인 환수 포식자도 능력치나 드롭 아이템 등이 조정되어 있지 않을까 하는 생각이 든다.

"음～. 혼자서 보스에게 도전할 생각은 없지만, 드롭 아이템 내용이 신경 쓰인단 말이지."

[교체 소형 망치]나 그것을 사용할 때 쓸 소재 등을 찾으러 간 뮤우와 타쿠를 부를까 생각하다가 고개를 살짝 저으며 그 생각을 떨쳐냈다.

"뮤우하고 타쿠라면 알아서 도전할 테니까 소재 모으는 걸 방해하면 안 되겠지."

그런 생각을 하며 함께 도전할 사람이 없을지 친구들의 로그인 상황을 확인하다 보니——, 라이나와 알의 이름이 보였다.

"그러고 보니 시작한 시기를 생각하면 두 사람은 캠프 이벤트에 참가하지 못했겠구나."

참가하지 못했던 이벤트의 복각 보스에게 도전할 수 있다면 두 사람도 기뻐해주려나. 그렇게 생각하며 프렌드 통신을 연결했다.

『윤 씨, 오랜만이네요. 무슨 일이세요?』

해역 에리어와 외딴 섬 에리어에 집중하다 보니 거기에 도달하지 못했던 라이나와 알에게 연락하는 게 꽤 오랜만인 것 같다.

프렌드 통신이 광역 채팅 상태였기 때문에 라이나와 다른 사람들의 목소리도 들렸다.

"알이야? 나는 지금 [스타 게이트]로 복각된 캠프 이벤트의 부유도에 있는데."

『레티아 씨가 무츠키를 동료로 삼은 이벤트 말씀이시죠? 저희도 가볼까 하고 이야기를 하던 참이었는데요…….』

『음~. 예전에는 적이 강해서 도전하지 못했던 요정 퀘스트나 크리스마스 던전, 새로 추가된 퀘스트 찾기, 우리가 시작하기 전에 진행된 여름 캠프 이벤트……, 으아아아악! 뭐부터 해야 할지 모르겠어!』

"왠지 고민하고 있는 것 같네."

『네. 라이가 고민하느라 갈 곳을 못 정하고 있어요.』

휘둘리고 있는 알을 보고 나는 쓴웃음을 지으며 제안했다.

"사실 캠프 이벤트의 보스인 [환수 포식자]도 복각된 것 같고, 도전할 수 있게 된 것 같거든. 그래서 말인데, 도전해 볼래?"

『어? 윤 씨! 그 이야기 정말이야?!』

알과 프렌드 통신으로 이야기를 하고 있자니 라이나가 끼어들며 말을 걸었다.

"정말이야. 환수 사냥꾼이라는 MOB을 쓰러뜨리면 보스에게 도전할 때 필요한 아이템 중 일부를 얻을 수 있거든. 그걸 전부 모았는데, 도전해볼래?"

『갈래! 지금 당장 갈게!』

여전한 모습을 보고 나는 쓴웃음을 지으며 라이나와 알이 부유도로 올 때까지 기다렸다.

그리고 도착한 라이나와 알 일행은 남쪽 [스타 게이트] 앞에서 시작한 모양이었기에 나도 게이트를 통해 그쪽과 합류했다.

"미안해, 일방적으로 불러낸 것 같아서."

"아뇨, 불러주셔서 기뻐요. 그리고 라이가 좀처럼 갈 곳을 못 정해서……."

"뭐야, 강해진 힘을 시험하러 어디로 갈지 고민했을 뿐이잖아."

약간 토라진 듯이 입술을 삐죽대는 라이나를 보고 알이 한숨을 쉰 다음, 말다툼을 시작했다.

그런 두 사람을 제쳐두고 라이나, 알과 함께 온 레티아와 벨, 에밀리 양을 보았다.

"레티아랑 벨, 에밀리 양도 함께 왔구나."

"저는 윤 씨랑 마찬가지로 무츠키가 귀성할 수 있게끔 왔어요. 그리고 벨은 덤으로 따라왔고요."

인사의 푹신푹신이야~. 그렇게 말하며 뤼이와 자쿠로를 끌어안은 벨을 무시하고 에밀리 양을 보니 그녀도 대답해 주었다.

"1주년 업데이트가 기대되긴 하지만, 생산직은 소재가 없으면 아무것도 할 수가 없어서 심심하던 참에 레티아가 불러서 왔어."

그래서 결국 익숙한 멤버들이 모였구나. 나는 쓴웃음을 지었다.

우리는 파티를 짜고 [환수 포식자]와 전투를 벌일 장소로 이동하며 라이나, 알과 이야기를 나누었다.

"그건 그렇고, 라이나, 알하고 파티를 짠 건 오랜만인 것 같은데?"

"그렇죠. 윤 씨 일행은 드워프의 나라에 가거나 멀리 있는 외딴 섬 에리어까지 가서 따라잡지 못했으니까요."

"하지만 우리도 약하기만 하진 않아! 놀랍게도 윤 씨 일행이 외딴 섬 에리어를 공략하던 동안에 센스 확장 퀘스트를 달성해서 제12센스까지 해방했으니까!"

"오~, 대단하네."

내가 살짝 박수를 치자 라이나는 뽐내는 듯이 가슴을 폈고, 레티아가 귓속말로 살짝 설명해 주었다.

(중소 길드와 연결고리가 생겨서 다양한 사람들이랑 파티를 짜게 되었고, 둘 다 레벨을 팍팍 올리고 있는 참이에요.)

(우리가 모르는 곳에서 좋은 만남과 경험을 하고 있는 것 같네.)

어떤 게임이든 마찬가지지만, 먼저 시작한 플레이어는 플레이 시간의 차이만큼 유리하다.

하지만 뒤따라온 플레이어는 그들이 찾아내고 만들어낸 효율적인 방법으로 선구자들보다 짧은 시간 만에 강해져서 언젠가는 따라잡게 된다.

생산직인 나는 이제 라이나와 알을 이기지 못할지도 모르겠다고 생각하니 기쁜 반면, 쓸쓸한 마음도 들었다.

그렇게 내가 라이나와 알에게 여러 가지 모험 이야기를 듣고 맞장구를 치는 동안 목적지에 도착했다.

"윤 씨, 여기가 거긴가요?"

[폭수 각인 원반]에는 이 부유도의 지도가 그려져 있었고, [환수 포식자]가 봉인된 곳으로 북동쪽 동굴이 나와 있었다.

그리고 이 동굴 앞에는 이제 막 업데이트된 참인데도 [환수 포식자]에게 도전하기 위해 준비하는 플레이어들이 몇 파티 정도 있었다.

"보아하니 여기인 것 같네. 바로 들어가 볼까."

[하늘의 눈]의 암시 능력을 지닌 내가 선두에 서고, 그 뒤를 따라 라이나와 벨, 중위에 에밀리 양. 후위에는 알과 레티아가 섰다.

동굴은 그럭저럭 넓었지만 레티아의 대형 사역 MOB들을 소환하기는 좁았다.

지금은 윌 오 위스프인 아키와 페어리 팬서인 후유, 풍요정인 야요이를 소환해두고 있다.

동굴 안에 희미한 빛을 뿜어내는 광원 오브젝트인 횃불이 늘어서 있었다. 이윽고 안쪽 원형 공간에 도착했다.

"안쪽까지 왔는데, 어떻게 해야 보스인 [환수 포식자]와 싸울 수 있는 거죠?"

"저기 제단이 있지? 보아하니 이 석판을 끼워 넣으면 보스를 불러낼 수 있는 것 같아."

"좋은 걸 들었네. 다음에는 다른 길드 친구하고 파티를 짜서 도전하러 와야지."

라이나는 보스와의 전투를 기대하는 것 같았고, 나나 레티아 같은 사람들은 그런 라이나를 따스한 눈길로 지켜보며 보스를 불러냈다.

"그럼 불러낸다."

내가 혼자 돌로 만든 제단으로 올라가 구멍에 [폭수 각인 원반]을 내려놓고 물러섰다.

석판을 내려놓은 직후 동굴 전체가 묵직한 진동을 일으켰고, 제단이 무너졌다. 그 아래에서 까만 살덩어리가 쏟아져 나오듯 나타났다.

끈적거리는 것 같은 소리와 함께 크게 뜬 수많은 눈과 까만 살덩어리에서 뻗어 나온 촉수.

살덩어리와 눈알로 이루어진 이상한 형태의 사족 보행 MOB──, [환수 포식자]가 포효하자 광원 오브젝트인 횃불의 불꽃이 강해졌고, 그 기분 나쁜 모습을 비추었다.

"으엑⋯⋯, 대체 뭐야. 기분 나쁘네."

"저, 저게 캠프 이벤트의 보스⋯⋯."

[환수 포식자]가 나타나자 라이나와 알, 그리고 뤼이와 자쿠로 같은 사역 MOB들이 몸을 떨었다.

그리고 작년 이벤트 때 모습을 보았던 나는 냉정하게 바라보고 있었다.

"이벤트 때는 언덕만큼 컸는데, 대형 MOB 정도로 조정된 것 같네."

"그래. 그리고 약점인 눈알의 숫자는 100개도 안 되고, HP 게이지도 있어."

내게 그렇게 맞장구를 친 에밀리 양이 벨과 함께 앞으로 나섰다.

"자, 라이나, 벨. [환수 포식자]는 눈알이 약점이니까 거기를 적극적으로 노리자. 윤 군, 부탁해!"

"즐기고 와! 《존 인챈트》──, 어택, 디펜스, 스피드!"

"간다. 하아아아아아아앗!"

전위 세 사람에게 삼중 인챈트를 걸어준 직후, 라이나가 참지 못하고 [환수 포식자]의 정면으로 돌격했다.

그 뒤를 따르는 에밀리 양과 벨이 좌우에서 호를 그리듯 달려들었고, 두 사람을 추월하려는 것처럼 레티아의 페어리 팬서인 후유도 뛰어가기 시작했다.

"우리는 후위에서 원호를 할까요? '——잠깐, 레이저라니, 꺄악?!'——, 바로 나설 차례가 왔네요——, 《하이 힐》."

[환수 포식자]의 몸에 돋아난 촉수가 날린 짤막한 광선을 연달아 맞은 라이나는 방패로 막았지만, 그래도 어느 정도 대미지를 입고 레티아의 회복을 받았다.

"저도 갑니다! ——《버스트 랜스》!"

알이 지팡이를 들어 올리자 머리 위에 불꽃창이 생겨났다.

그것이 동굴 안을 가로질러 환수 포식자에게 부딪혔고, 거센 불꽃이 몸의 표면을 휩쓸며 약점인 눈알을 파괴해서 큰 대미지를 입혔다.

"앗싸! 아니, 으앗……."

"봐서 기분 좋은 녀석이 아니긴 하지. ——《마궁기 · 환영의 화살》!"

파괴된 눈알이 사라졌다. 까만 살덩어리 안쪽에서 차례차례 솟구치듯이 재생된 새로운 눈알을 노리고 화살이 붉은 꼬리를 끌며 날아갔다.

날아간 붉은 꼬리에서 마력 화살 다섯 개가 갈라져 나와 재생된 눈알에 차례차례 박히며 대미지를 입혔다.

에밀리 양과 벨도 눈알을 적극적으로 노리는 와중에, 레티아의 사역 MOB인 페어리 팬서 후유가 앞다리로 내려치듯이 할퀴어 눈알을 공격했고, 위스프 아키와 풍요정 야요이가 마법으로 정확하게 눈알을 파괴해서 대미지를 입혔다.

"HP가 줄어드는 속도가 빠르네. 그렇게 강하지 않은 보스인가?"

겁먹지 않고 계속 천천히 전진하기에 기분 나쁜, 위압감이 느껴지던 강대한 이벤트 보스 MOB 환수 포식자는 파티용 보스로 조정되어 확실하게 바뀌었다.

눈알을 연달아 파괴하자 겁먹은 듯한 움직임을 보였고, 부하인 환수 포식자들을 만들어내는 능력도 잃었다.

그 대신, 원래 갖추고 있던 촉수 끄트머리로 날리는 광선이나 촉수를 사용한 강습 공격은 그대로 유지한 채 플레이어에게 접근한 다음 앞다리로 내려치는 공격이나 몸통 박치기, 앞다리의 살덩이에서 날리는 촉수로 붙잡기 공격 등, 기동력이 필요한 공격이 추가되었다.

"다들 조심해! HP가 줄어들면 발광 모드로 들어갈지도 몰라!"

"라져. 하아아아아앗! ──《나선 호풍창》!"

손목을 비트는 것과 동시에 날린 라이나의 강력한 찌르기 공격이 [환수 포식자]의 눈알을 뚫었고, 그 주위로 충격파가 퍼져나가 다른 눈알도 차례차례 파괴하며 큰 대미지를 입혔다.

HP가 10퍼센트 아래로 줄어들자 예상했던 변화가 일어났다.

『크르르르르르르르——, 캬아아아아아아악!』

"윽, 까악?!"

[환수 포식자]의 충격파를 동반한 포효에 라이나와 다른 사람들이 뒤쪽으로 밀려났다.

그리고 몸 표면에 드러나 있던 수많은 눈알이 까만 살에 파묻히는 듯이 숨었고, 입속에서 한층 더 커다란 눈알이 나타난 뒤 그 탁한 눈동자가 라이나를 비롯한 전위들을 둘러보았다.

환수 포식자는 몸 표면에 돋아난 촉수를 늘렸다. 그 끄트머리에 빛이 모이기 시작했다.

그리고 발광 모드로 들어간 [환수 포식자]에게——.

"단숨에 남은 HP를 다 깎아내자!《마궁기 · 환영의 화살》!"

"하아아앗——,《버스트 랜스》!"

나는 드러난 약점인 커다란 눈알을 쏴서 꿰뚫었고, 그 뒤를 이어 알이 불꽃창을 날려 폭발을 일으켰다.

"《간이 소환》——, 무츠키, 우즈키!"

레티아의 뒤에서 가네샤인 무츠키와 수룡인 우즈키의 환영이 나타났다.

원래는 좁은 동굴에서 불러낼 수 없는 대형 MOB이지만,《간이 소환》으로 나타난 사역 MOB의 환영이 우리를 도와

주었다.

『──뿌오오오오오오오오!』

무츠키의 환영이 뛰어가서 강렬한 몸통 박치기로 [환수 포식자]를 날려버렸고, 환영이 사라졌다.

그 뒤를 이어 우즈키의 환영은 입 안에 모은 물의 브레스를 [환수 포식자]에게 날려 표면을 깎아냈다.

발광 모드에 들어간 [환수 포식자]에게 큰 기술을 연달아 날려 나머지 HP를 단숨에 깎아냈다. 마지막 발버둥을 치기 전에 쓰러뜨렸다.

"잠깐, 또 알이 마무리 일격을 날렸잖아, 나도 좀 활약하게 해줘!"

"어, 어쩔 수 없잖아. 후위는 그게 맡은 역할이니까!"

쓰러진 환수 포식자가 빛의 입자로 바뀌어가는 모습과 라이나, 알이 이야기하는 목소리를 들으며 한숨을 내쉬었다.

"환수 포식자. 약하면서도 강했지…….."

내가 생각해도 신기한 평가 같다.

미궁거리에 도달한 플레이어 기준으로 조정되어 있었기 때문에 OSO 개시 1개월 정도의 이벤트 보스였을 때보다 공격 대미지는 높아졌을 것이다.

하지만 그 이상으로 플레이어인 우리가 성장했기 때문에 상대적으로 약하게 느껴졌다.

그런 사실을 실감할 수 있었던 괜찮은 복각 보스였던 것 같다.

2장   교체 소형 망치와 마개조

"정말, 모처럼 [거물 킬러] 센스를 취득했는데 실감할 수가 없었잖아."

"자자, 슬슬 드롭 아이템을 확인하고 돌아가자."

마지막 순간에 짭짤한 역할을 후위인 우리에게 뺏겨서 토라진 라이나를 에밀리 양이 달래며 드롭 아이템을 확인했다.

"자, 얻은 건——, [환수 포식자의 송곳니]구나."

"나는 [환수 포식자의 내장]이야. 기분 나쁘네……."

"저도 윤 씨와 똑같은 강화 소재네요."

각자 드롭 아이템을 보고했다.

나와 알, 에밀리 양에게 드롭된 [환수 포식자의 송곳니]는 무기 등에 사용하는 강화 소재였다.

"이건……, 먹을 수 있을까요?"

"음~. 먹을 거면 내장조림 같은 건 어떨까냐?"

"싫어! 절대로 안 먹을 거야!"

그리고 라이나와 레티아, 벨에게 드롭된 [환수 포식자의 내장]은 검붉은 형태였지만 의외로 요리 계열 생산 소재였다.

[환수 포식자]를 토벌한 다음에는 떠들썩한 느낌으로 동굴에서 나왔다.

"윤 씨, 오늘 불러줘서 고마워. 갈 곳을 못 정하고 있던 참에 정말 도움이 되었어."

"그리고 즐거웠으니까 또 기회가 생기면 파티를 짜도록 해요!"

"그래, 다음에는 좀 더 강한 곳도 가볼까?"

그렇게 말해준 라이나와 알에게 훈훈함을 느끼며 다시 파티를 짜기로 약속한 다음, 나와 에밀리 양은 먼저 [스타 게이트]를 통해 미궁거리로 돌아왔다.

라이나와 알은 캠프 이벤트의 분위기를 즐기기 위해, 레티아와 벨은 가네샤인 무츠키의 귀성과 희귀한 사역 MOB들과의 만남을 위해 부유도에 남았다.

"윤 군, 고생했어. 이제 뭐 할 거야?"

"음~. 나는 노점 쪽을 좀 보러 갈까 하는데."

초보 플레이어들을 지원하기 위해 마기 씨 같은 생산직들이 낸 노점이 신경 쓰였기에 보러 갈까 생각 중이었다.

"그럼 같이 가자. 나도 새로운 소재가 노점에 나오기 시작했는지 확인하고 싶거든."

그래서 나와 에밀리 양은 곧바로 포탈을 통해 미궁거리에서 제1마을로 이동한 다음, 노점을 향했다.

OSO 1주년 업데이트로 변동된 아이템 시세가 정착될 때까지 노점상 플레이어들의 활동은 소극적일 것이다.

그런 와중에도 얼마 안 되는 노점의 상품을 바라보며 에밀리 양이 한숨을 내쉬었다.

"괜찮아 보이는 소재가 별로 없네. 시가 영향을 별로 안 받는 싸구려 소재뿐이야."

에밀리 양은 그렇게 말하면서도 어딘가 쓸 데가 있는지 싸구려 소재도 구입했다.

"앗, [흑폭석]이 싸네. 나도 마법약 소재로 살까."

나도 노점에서 싸게 파는 [흑폭석]을 사면서 가다 보니 제일 활기가 넘치는 곳에 도착했다.

"어서 오세요! 이제 막 시작한 초보나 그 지도자분들은 이 가게에 들렀다 가세요! 로그인 배포 10만G로 괜찮은 장비 세트와 소모품을 맞출 수 있어요!"

많은 생산직들이 장비와 아이템을 구입하러 온 초보 플레이어들에게 센스와 싸우는 법을 조언해주며 장사를 하고 있었다.

"마기 씨, 안녕하세요."

"앗, 윤 군, 에밀리. 어서 오렴!"

우리가 장비를 팔고 있던 마기 씨에게 인사하자 마기 씨도 기뻐하며 우리에게 손짓했다.

"윤 군이 마련해준 포션 같은 소모품은 잘 팔리고 있어. 그리고 [소재상]인 에밀리도 소재를 마련해줘서 초보 장비를 팔 수 있었고."

"그거 다행이네요."

"나는 생산직으로서 역할을 다했을 뿐이야."

별것 아니라는 듯이 말하는 나와 에밀리 양을 본 마기 씨가 곤란하다는 듯이 쓴웃음을 지었다.

"그래도 이렇게 함께 OSO의 분위기를 띄울 수 있어서 기

쁘거든."

마기 씨가 그렇게 말하니 왠지 기쁜 것 같기도 하고, 부끄러운 것 같기도 한 느낌이 든다.

"그런데 윤 군하고 에밀리 양은 업데이트로 추가된 총을 확인해봤어?"

그리고 노점의 장사 이야기를 하던 마기 씨가 나와 에밀리 양에게 업데이트로 등장한 총에 대한 이야기를 꺼냈다.

"아뇨, 아직인데요. 마기 씨는요?"

"일단, NPC가 상점에서 파는 총하고 총알을 사봤어."

그렇게 말한 마기 씨는 총 몇 종류와 총알을 인벤토리에서 꺼내 보여주었다.

중세의 옛날 타입이고 장탄은 한 발씩 넣는 식인 단총.

또 하나는 총신 두 곳에서 동시에 총알을 발사하는 트윈 배럴 총.

마지막으로 총신이 긴 저격총이 있었다.

"호오, 이게 총 계열 무기구나."

에밀리 양이 총 본체에 흥미를 보이며 살펴보다가 어떤 사실을 눈치챘다.

"앗, 이거 보기에는 중세 스타일 총인데, 총알은 뇌관을 쓰네."

"역시 에밀리야, 눈치챘구나."

"저기, 그게 무슨 뜻이죠?"

총에 별로 흥미가 없는 내게 에밀리 양이 설명해 주었다.

"OSO의 중세 판타지 세계관을 무너뜨리지 않게끔 외형이 이렇게 생기긴 했지만, 플레이어들의 사용감을 고려해서 총알이나 내부 구조는 게임 같은 스타일이라는 거지."

그렇게 말한 에밀리 양은 들고 있던 단총의 손잡이와 총신 부분을 꺾은 다음 거기에 총알을 장전하고 원래대로 돌려놓는 시범을 보여주었다.

총을 원래대로 돌릴 때 들린 철컥, 하는 독특한 동작음이 괜찮은 느낌이었다.

"이 상태로 총의 방아쇠를 당겨서 발사. 그리고 총을 꺾어서 장전하는 걸 반복하는 거지."

"그렇구나……."

초기의 총은 총구에 화약을 채우고 납탄을 넣어서 썼다고 하던데, 그것보다 동작이 심플해서 멋지다.

"대포도 총 카테고리에 들어가긴 하는데, 그건 위력이 강한 만큼 화약을 채우고 포탄을 밀어 넣어서 발사해야 하니까 조작하기가 힘들단 말이지."

해역 에리어를 돌파할 때 마주친 해적 NPC들의 배에서 빼앗은 대포는 총 카테고리에 들어가지만 사용감은 여전한 모양이다.

운용하는데 수고가 드는 걸 보니 대포는 고수용 무기인지도 모르겠다.

"그건 그렇고 총이라……."

"왜? 윤 군도 총에 흥미가 생겼어?"

"저는 장궁 일편단심이에요. 그냥……."

마기 씨가 묻자 나는 반사적으로 부정한 다음 놓여 있던 총알을 들어보았다.

납 총알 소 [소모품]

ATK+5

나는 들어 올린 작은 총알을 [조금] 센스를 쓸 때 사용하는 공구로 분해해 나갔다.

총알 한 발은 약협과 그 내부에 채워져 있던 화약, 그리고 탄두. 세 가지 파츠로 나눌 수 있었다.

"마기 씨. 이 약협 부분은 NPC 가게에서 파나요?"

"그래, 팔던데. 약협 레시피도 있었어."

나와 에밀리 양이 마기 씨에게 받은 약협과 레시피는 금속 주괴와 [번개돌 파편]이라는 아이템으로 합성할 수 있는 것 같았다.

[번개돌 파편]은 들어본 적이 없지만, 총 계열 센스에 맞춰서 추가된 신규 소재 아이템 중 하나일 것 같다.

"윤 군, 이거……."

"총알은 만들 수가 있겠네. 뭐, 화살을 소비해서 공격하는 [활] 센스도 플레이어가 화살을 만들 수 있으니까 이상할 건 없겠지."

이 총알 탄두는 납이지만, 은으로 교체하면 언데드에게

효과적일 테고 흑철로 만들면 대미지가 늘어날 것이다.

그밖에도 약협에 채울 화약의 양이나 종류를 바꾸면 더욱 강한 대미지를 기대할 수 있겠지.

그런 총 센스와 총알의 가능성에 나는……, 복잡한 표정을 지었다.

"어라? 윤 군이라면 좀 더 관심을 보일 줄 알았는데."

"아니, 재미있긴 해요. 실제로 총알을 만들고 싶기도 하고요. 그런데 왠지 활 계열 센스를 마음에 들어 하는 저로서는 솔직히 기뻐할 수가 없단 말이죠."

활 계열 센스의 입장을 위협하는 무기를 응원한다고 생각하니 으, 아, 같이 끙끙대는 소리가 저절로 나왔다.

"뭐, 이제 업데이트 직후고, 이것저것 총을 시험 제작하는 단계에도 도달하지 않았으니까."

"그래. 뭐, 앞으로 평가가 어떻게 될지 기대되는 센스지."

마기 씨가 한 말에 에밀리 양도 맞장구를 쳤고, 고민하는 나를 보며 둘 다 쓴웃음을 지었다.

그리고 마기 씨가 뭔가 생각났다는 듯이 말했다.

"맞다. 윤 군, 다음에 [생산 길드]에서 진행할 장비의 품평회에 액세서리를 내보지 않을래?"

"제가요?"

"그래. [교체 소형 망치]라고 알지?"

"네. 이번 업데이트로 추가된 거죠? 뮤우하고 타쿠가 새로운 장비를 만들어달라고 부탁했거든요."

내가 그렇게 대답하자 마기 씨가 설명해 주었다.

"[교체 소형 망치]가 나와서 지금까지 없었던 새로운 추가 효과 조합이 생겨날 것 같으니까 장비를 발표해서 생산직들에게 괜찮은 자극을 주면 어떻겠냐고 클로드가 제안했거든."

"재미있을 것 같네요."

"그렇지? 그리고 품평회뿐만이 아니라 [교체 소형 망치]를 사용한 장비 한정 경매 같은 것도 하면 반응이 좋을 것 같은데, 윤 군도 출품해보지 않을래? 소재 계열 생산직인 에밀리도 품평회에 와주면 기쁠 거야."

처음부터 [교체 소형 망치]에는 흥미가 있었고, 뮤우와 타쿠의 장비를 만들 예정이었기에 하는 김에 품평회용 액세서리를 만들면 될 것 같다.

"알겠어요. 액세서리가 완성되면 연락 드릴게요."

"나도 품평회를 보러 갈 거야. 아마 알고 지내는 생산직도 출품할 테니까."

"윤 군, 에밀리, 고마워!"

그렇게 말하며 기뻐하는 마기 씨를 보고 우리도 기뻐졌고, 생산에 대한 이야기를 나눌 수 있어서 즐거웠다.

"그럼 슬슬 노점을 도와주러 갈게. 기회가 또 생기면 차라도 마시자."

새로 온 신인 플레이어들을 맞이하기 위해 마기 씨는 그렇게 말한 다음 노점으로 돌아갔다.

그렇게 마기 씨가 열심히 하는 모습을 바라보고 있던 내게 에밀리 양이 말을 걸었다.

"윤 군은 이제 뭐 할 거야? 또 어디 갈 곳이 있으면 같이 가도 되는데?"

"슬슬 로그아웃해서 저녁밥 준비를 해야지. 안 그러면 배고픈 뮤우에게 혼날 거야."

"그럼 여기서 헤어져야겠네. 또 무슨 새로운 소재 같은 걸 찾아내면 가르쳐줘."

그렇게 말하고 자기 가게 쪽으로 걸어가는 에밀리 양을 배웅하고 나서 나도 [아트리엘]을 향해 걸어가기 시작했다.

그때, 한 번 뒤를 돌아보고 노점에서 활기차게 일하고 있는 마기 씨의 모습을 보았다.

"그러고 보니 마기 씨랑 처음 만났던 것도 노점이었지."

나는 조용히 중얼거린 다음 뤼이와 자쿠로를 데리고 [아트리엘]로 돌아와 로그아웃했다.

OSO에서 로그아웃한 나는 저녁 식사를 차렸고, 그걸 먹는 자리에서 미우에게 오늘 있었던 일에 대해 듣고 있었다.

"[아트리엘]을 나선 다음에 타쿠 씨하고 같이 [교체 소형 망치]를 찾아냈어!"

"오, 그래? 그게 어디 있는데?"

"화산 에리어의 [귀인의 별장] 무기 상점에서 팔던데. 하나에 10만G길래 30개 정도 사두었어!"

한나절도 안 걸려서 찾아내다니, 얼마나 열심히 돌아다녔던 걸까.

아니면 찾아낸 사람에게 정보를 들은 건가……? 그렇다고 해도 대단하다.

그리고 한 번에 30개나 살 필요가 있나 하는 생각도 들었다.

"그렇게 많이는 필요 없지 않을까?"

"어~? 많긴 할지도 모르겠지만, 가지고 있으면 여러모로 편리하잖아."

그렇게 말한 미우는 오늘 있었던 일을 즐겁게 이야기하며 저녁 메뉴인 칠리 새우를 먹었다.

"그런데 오빠는 뭐 했어?"

"나는 뤼이랑 자쿠로를 데리고 부유도로 귀성했지."

"호오, 그랬구나. 뭔가 이벤트 때하고 다른 게 있어?"

"있던데. 부유도에 나타나는 환수 사냥꾼에게 얻을 수 있는 아이템을 쓰면 보스인 [환수 포식자]에게 도전할 수 있게 되었더라고."

"정말?! 그래서, 어땠어?!"

미우가 관심을 보였기에 개인적인 감상을 말했다.

"이벤트 당시보다 스테이터스가 높아 보이긴 했는데, 그래도 상대적으로 약한 느낌이더라."

"좋겠다. 다음에 루카네하고 같이 도전하러 가야지."

부러워하던 미우는 재빨리 밥을 먹고 식사를 마쳤다.

"잘 먹었습니다! 밤에는 루카네하고 모험하러 갈 거니까 먼저 목욕할게!"

"OSO도 좋지만, 너무 늦게 자진 마라~."

갈아입을 옷을 가지러 자기 방으로 뛰어가는 미우에게 말을 걸었지만, 알았어~ 라는 맥 빠지는 대답이 돌아왔기에 한숨을 내쉬었다.

"정말, 진짜로 알긴 하는 건가?"

식사를 마치고 설거지와 목욕 등, 잘 준비를 마친 나는 내 방으로 돌아와 자연스럽게 VR 기어를 들고 있었다.

"……나도 미우에게 뭐라고 하진 못하겠네."

OSO가 생활의 일부가 되었다는 것을 실감한 나는 혼자서 쓴웃음을 짓고는 VR 기어를 침대 옆에 살며시 내려놓고 여름방학 숙제를 하다가 잠들었다.

●

OSO 1주년 업데이트가 적용되고 이틀 뒤, 나는 [생산 길드]가 준비한 초보용 노점을 돕고 있었다.

"안녕. 부탁했던 각종 포션 추가 분량을 가지고 왔어. 그리고 가게 보는 것도 도울 거고."

"윤찌, 고마워! 포션 재고가 얼마 안 남아서 불안했거든!"

초보용 조언자로서 각 장비의 생산직이 교대로 가게를 보는 와중에 리리가 포션을 받아들었다. 클로드가 내게 가게를 볼 곳의 위치를 지시했다.

"리리는 지팡이 담당이고 클로드는 마법사용 방어구구나. 그리고 나는 포션 담당이고."

내가 담당할 포션 코너와 리리, 클로드가 담당할 마법사 장비 코너는 바로 옆이라 편하게 이야기할 수 있었다.

"윤, 미안하다. 오늘은 부탁 좀 하자."

"그래, 내게 맡겨. 포션을 팍팍 팔아줄 테니까."

원래 나는 [생산 길드]의 노점을 도울 생각이 없었다.

하지만 [생산 길드]에서 갑작스럽게 기획한 [교체 소형 망치]를 사용한 장비의 품평회. 거기에 참가하고 싶어 하는 생산직들이 장비를 만들 시간을 주기 위해 나처럼 한가한 생산직도 도우러 나서서 부담을 덜어주고 있는 것이다.

"그러고 보니 마기 씨는? 오늘은 노점을 도우러 안 왔어?"

이 노점을 처음 낸 날은 마기 씨가 노점에서 가게를 보고 있었는데, 지금은 없는 것 같다.

"마기는 [교체 소형 망치]의 품평회용 장비를 만들고 있다. 뭐, 그밖에도 알고 지내는 플레이어들이 장비를 개량해 달라는 식으로 의뢰를 많이 해서 그쪽을 우선하라고 했지."

"사실 나나 클로찌도 비슷한 상황이지만 말이야. 그런데 윤찌도 [교체 소형 망치]의 품평회에 나갈 예정이라면서. 어떤 걸 출품할 생각이야?"

리리가 묻자 나는 턱에 손을 대고 고민했다.

"뮤우하고 타쿠가 [교체 소형 망치]로 장비 강화를 부탁해서 그걸 만드는 김에 범용성이 뛰어난 액세서리를 만들까 생각 중이야."

"범용성이 뛰어난 액세서리?"

"그래. 미스릴로 마법 계열, 미스릴 합금으로 속성 특화 계열, 운성강으로 물리 계열을 만들려나? 그리고 가능하면 아다만타이트 액세서리를 소체로 뭔가 만들고 싶긴 한데……."

아다만타이트는 현재 OSO에서도 최고의 가공 난이도를 자랑하는 소재다.

나도 인챈트나 아이템으로 스테이터스를 끌어올려서 겨우 품질이 낮은 액세서리를 만들 수 있는 정도다.

아다만타이트 액세서리를 품평회에 출품하기에는 아직 [조금] 센스의 레벨이 부족하다.

"뭐, 전부는 힘들겠지만, 그런 계통 중에서 하나를 품평회에 출품할 생각이지."

"그렇구나. 나는 지팡이를 하나 출품해볼 생각이야."

"나도 방어구 한 세트를 출품하고 경매에서 팔아볼 생각이다."

리리와 클로드도 품평회에 참가할 생각인 것 같다.

그렇게 우리가 첫날보다는 사람이 많이 줄어든 손님들을 상대하고 있자니 리리가 말을 걸었다.

"그런데 윤찌. 나한테 부탁할 만한 거 없어?"

"응? 리리에게?"

"응! 클로찌하고 마찬가지로 내게 맡길 거 없어?"

리리가 기대하는 듯이 나를 올려다보았기에 왠지 짐작이

갔다.

"음……, 내 활을 리리에게 맡겨서 강화하게 해달라는 거야?"

"정답! 윤찌에게는 내가 만든 [검은 소녀의 장궁]하고 마개조 무기인 [볼프 사령관의 장궁]이 있잖아! 그걸 강화하는 걸 내게 맡겨줘!"

마개조 무기란 최대 15개까지 추가 효과를 부여할 수 있는 유니크 무기를 일컫는 말이다.

여름 캠프 이벤트 때 호수 바닥의 유적에 숨겨진 보물상자에 들어있었고, 그 이후로 퀘스트 칩을 수집하는 겨울 퀘스트 이벤트 교환 리스트에 등장했던 무기다.

"클로드랑 마찬가지라면, 클로드도 맡긴 거야?"

"그래, 내 지팡이와 마개조 무기를 맡겼다. 하는 김에 윤, 네 오커 크리에이터를 내게 맡기지 않겠나?"

"리리뿐만 아니라 클로드까지?"

"[교체 소형 망치]로 부여하고 싶은 추가 효과도 있으니 이번 계기에 업그레이드하고 싶다."

리리와 클로드의 제안이 고맙긴 하다.

생산직 톱인 두 사람에게 맡기면 장비의 성능이 더욱 좋아져서 돌아올 것이다.

"그래도 말이지. 무기를 맡기면 메인 무기가 없어져서 모험을 하러 갈 수가 없고, 이제부터 품평회용 액세서리를 만들 건데, 방어구 스테이터스 보정이 없으면 힘들잖아."

내가 예정을 생각하고 그렇게 중얼거렸지만, 클로드와 리리는 확실하게 대책을 마련해둔 모양이었다.

"[검은 소녀의 장궁]보다는 떨어지지만, 대여용 활은 준비해두었어!"

"나도 DEX 보정이 있는 방어구를 빌려주마. 성능만 따지면 네가 지금 입고 있는 오커 크리에이터와 비슷하니까."

그렇다면 장비를 교체하더라도 미스릴이나 운성강을 가공하는데 불편한 점은 없을 것이다.

"우리에게 장비를 맡기면 절대로 후회하지 않을 거다. 지금보다 생산이 편해지게끔 조정해주지."

"자신감이 대단하네. 그래도 생산이 편해진단 말이지. 알겠어. 두 사람에게 무기와 방어구를 맡길게."

나는 리리에게 [검은 소녀의 장궁]과 [볼프 사령관의 장궁]을 맡기고, 클로드에게 방어구 한 벌을 받았다.

"그게 대신 입을 방어구다. 초보 플레이어가 장비를 구입할 때 바로 갈아입을 수 있는 시착실이 있으니까 거기서 갈아입고 와라."

"여전히 준비성이 좋네."

나는 그 장비를 받아들고 바로 옷의 디자인을 확인했다.

예전에 확인하지 않고 시착실에서 갈아입은 결과 무녀복이었던 게 생각나서 경계했지만, 이번에는 나쁘지 않을 것 같다.

데님 재질 멜빵 바지에 옷감이 부드러운 민소매 셔츠 같은 방어구였다.

멜빵 바지의 옷자락이 약간 퍼지는 느낌이라 다리를 모으고 서면 치마처럼 보이긴 하는데, 너무 신경 쓰는 건가?

그레이스 하베스터 [방어구]
DEF+60, MIND+40
추가 효과 : DEX 보너스, 열기 내성(소), 채집 보너스(소)

"[그레이스 하베스터]……, 은혜의 수확자라는 뜻인가?"
장비의 스테이터스를 보니 민소매라 팔이 드러나긴 하지만 DEX 보너스와 [열기 내성(소)] 추가 효과가 부여되어 있었다.

고온 환경인 마도로 앞에서 일할 때 필요한 추가 효과를 지니고 있고, 농작업에 적합한 기능미가 있었기에 내게 잘 맞는 방어구라 할 수 있다.

"그럼 갈아입고 올게."
나는 클로드와 리리에게 가게를 맡기고 [오커 크리에이터]에서 [그레이스 하베스터]로 갈아입었다.

착용감이 좋은 민소매 셔츠, 그리고 통기성과 튼튼함을 겸비한 멜빵 바지의 조합에 감탄했다.

"가끔은 평소와는 다른 방어구도 나쁘지 않네."
옷을 다 갈아입은 나는 시착실에서 나와 클로드와 리리가 있는 곳으로 돌아갔다.

"클로드, 리리, 다녀왔어."

"으음. 내 예상대로 잘 어울리는군."

"윤찌, 어서 와! 윤찌 분위기랑 정말 잘 어울린다!"

나는 클로드와 리리에게 칭찬받고 왠지 쑥스러운 기분이 들었다.

"누가 입더라도 마찬가지잖아? 클로드의 방어구는 성능이나 디자인도 괜찮으니까. 그리고 오커 크리에이터 조정을 부탁할게."

"그래, 내게 맡겨라. 완벽하게 손봐주지."

말을 돌리는 듯이 클로드에게 방어구를 맡기고 다시 노점을 보기 시작했다.

업데이트 첫날만큼 혼잡하진 않았지만, 그래도 손님이 꽤 왔기에 즐거우면서도 바쁜 시간을 보냈다.

그리고——.

"슬슬 교대할 시간이니까 둘 다 이제 가볼까."

""휴우, 피곤하다~.""

나와 리리가 등을 맞대고 서로 몸을 기대듯이 늘어졌다.

"콤네스티에서 좀 쉴 거냐? 차 정도는 대접해주지."

클로드가 신경 써주었지만, 나와 리리는 서로 얼굴을 마주 보며 고개를 저었다.

"아니. 다음에 부탁할게. 지금은 클로찌의 지팡이하고 윤찌의 활을 강화하고 싶거든!"

"나는 [아트리옐]로 돌아가서 액세서리를 만들 준비를 하고 싶어. 그리고 모아둔 장비를 정리하면 [교체 소형 망치]에 쓸 추가 효과용 장비도 생길 것 같고."

"홋, 그러냐. 알겠다. 그럼 차는 품평회가 끝나고 차분해지면 마기도 불러서 같이 마시도록 하지."

노점을 돕는 일을 마친 우리는 헤어져서 각자의 가게로 돌아갔다.

"쿄코 씨, 다녀왔어. 뭔가 특이한 일은 없었어?"

"윤 씨, 어서 오세요. 딱히 아무런 일도 없었어요."

[아트리엘]에 돌아온 나는 NPC인 쿄코 씨에게 가게 상황을 물어보았지만, 별다른 일은 없었던 모양이다.

새로 취득한 [재배] 센스의 영향으로 약초밭의 수확량이 늘어나진 않았을지 기대했는데, 레벨이 낮아서 그런지 눈에 띄는 변화는 없는 모양이었다.

"고마워, 쿄코 씨. 또 무슨 일이 있으면 가르쳐 줘."

"네, 알겠습니다."

곧바로 [아트리엘]의 공방에 틀어박힌 나는 1년 동안 [아트리엘]에 모아두었던 수많은 아이템들을 정리하기 시작했다.

내가 적 MOB을 쓰러뜨리거나 던전에서 얻은 것도 있지만, [아트리엘]에 포션을 사러 온 플레이어에게서 사들인 것들이 더 많았다.

대부분은 화로에서 녹여서 금속 주괴로 만들었다. 그러나 추가 효과가 달린 장비는 언젠가 써먹을 수 있을 것 같아서 몇 개씩 남겨두었다.

그런 구두쇠 정신으로 계속 아껴둔 장비를 이번에 [교체 소형 망치]의 소재로 쓸 수 있게 된 것이다.

"음, 이건——, [참격 내성(소)], [봉마(화)]에 [대역(토)], [접촉 대미지(소)], [독 공격(소)]……, 이것저것 모아두었네."

강화 소재로 부여하는 것이나 던전 드롭 아이템처럼 추가 효과가 달려서 나오는 게 있다.

"음, 저번에 손에 넣은 [환수 포식자의 송곳니]는——, [짐승 특효(소)]구나."

[조금] 센스의 레벨이 올라서 그 강화 소재를 사용했을 때 어떤 효과를 부여할 수 있는지 알 수 있게 되었다.

특효 계열 추가 효과는 그 요소나 속성을 지닌 MOB에게 입히는 대미지를 증가시켜준다.

특히 짐승 요소가 있는 MOB은 숫자가 꽤 많으니 수요가 많을 것 같다.

그밖에도 [교체 소형 망치] 소재를 찾다 보니 어떤 사실을 눈치챘다.

"NPC산이 가끔 섞여있네. [지형 효과 감소(소)]라든지."

NPC산 추가 효과란 NPC에게 수주한 퀘스트 보수 장비나 명공 NPC에게 만들어달라고 한 장비에만 붙는 고유 추가 효과를 일컫는 말이다.

이 [지형 효과 감소(소)]의 추가 효과는 부츠 기술자 NPC의 'ㅇㅇ 가죽을 20장 모은다'라는 퀘스트를 달성하면 그 보수로 돈과 그 가죽을 사용한 부츠를 얻을 수 있고, 가끔 이 추가 효과가 붙어있다.

퀘스트 보수인 부츠는 추가 효과 유무에 따라 매매 가격이 어느 정도 달라지긴 하지만 그래도 싼 편이기에 NPC 상점에 팔아치우는 경우가 많다.

그런 느낌인 NPC산 장비를 '포션을 사는 김에 걸리적거리니까 사주면 안 돼?'라는 식으로 사들인 결과, 그럭저럭 모여있었다.

"꽤 재미있는 추가 효과가 있단 말이지. 이 [확률 방어(소)]라든지, [확률 회복(소)] 같은 건……."

확률 계열 추가 효과는 공격했을 때나 당했을 때 일정 확률로 그 효과가 발휘된다.

일정 확률이긴 하지만 발동되면 방어 계열 추가 효과보다 효과량이 크기에 도박성이 강한 장비를 만들 수 있을 것 같다.

"뭐, 추가 효과를 달아줄 소체가 될 액세서리가 없으면 아무것도 못 하겠지만."

아이템 정리를 마친 나는 소재로 쓸 광석을 준비하고는 마도로에 불을 지폈다.

"좋아, 액세서리를 만들어볼까!"

긴 머리카락이 걸리적거리지 않게끔 뒤쪽으로 묶고 내열 효과를 부여해주는 [쿨 드링크]를 마신 다음, 소체로 쓸 액세서리를 만들기 시작했다.

●

　마기 씨 일행이 기획한 품평회는 1주년 업데이트 실시 열흘 뒤부터 며칠 동안 전시하고, 그런 다음 희망 작품만 경매에 출품한다.

　나머지 작품은 만든 생산자에게 반환되는 흐름이다.

　그리고 액세서리를 만들기 시작한 지 사흘째──.

　"이런. 나도 모르게 너무 많이 만들어버렸네."

　품평회를 대비한 액세서리는 심플한 디자인에 장비의 스테이터스도 괜찮은 느낌으로 붙은 것을 여러 개 만들었다.

　이제 [교체 소형 망치]로 추가 효과를 옮기기만 하면 완성이다.

　"아~, 너무 많이 만든 액세서리는 어쩌지."

　만든 액세서리는 미스릴 계열이 17개, 미스릴 합금이 각 속성마다 15개 정도, 운성강은 통째로 금속 화살을 만들 때도 쓰기 때문에 7개밖에 만들지 못했다.

　그렇게 소체로 쓸 액세서리를 정신없이 너무 많이 만든 결과, 광석 계열 아이템 재고가 거의 바닥났다.

　"뭐, 상관없지. 소재는 다시 모으면 되고……, 일단 소체 스테이터스가 높은 것들을 엄선한 다음에 그중에서 뮤우와 타쿠에게 줄 거랑 출품할 것을 고르고 나머지는 [아트리엘]

의 쇼케이스에 장식해둘까."

[교체 소형 망치]를 사용할 액세서리의 소체 후보로서 미스릴에서 3개, 미스릴 합금에서는 각 속성마다 2개씩, 운성강에서 2개를 골랐다. 나머지는 정리했다.

슬슬 뮤우와 타쿠가 소재로 쓸 추가 효과가 붙은 무기를 다 모았으려나 생각하고 있자니 뮤우에게 프렌드 통신이 왔다.

『윤 언니! 이제 겨우 원하던 추가 효과가 붙은 장비를 얻었어!』

"고생했어. 추가 효과를 옮길 액세서리를 만들어두고 기다리고 있으니까 언제든 괜찮아."

『그럼 지금 [아트리엘]로 갈게! 타쿠 씨는 못 갈 것 같아.』

"그렇구나, 알겠어. 기다릴게."

그렇게 뮤우와의 프렌드 통신이 끊겼다.

나는 뮤우를 맞이하기 위해 [아트리엘] 카운터에 차를 마련해두고 기다렸다.

"윤 언니, 실례합니다! 앗, 평소에 입던 장비가 아니네!"

"그래, 리리하고 클로드에게 장비를 맡기고 대신 받은 방어구야. 둘 다 [교체 소형 망치]를 사용해서 강화할 생각에 신났던데."

"그랬구나! 그리고 그 옷, 귀여워!"

"정말, 오빠인 나한테 귀엽다는 말은 칭찬이 아니라고."

나는 크게 한숨을 내쉬며 작업할 때 걸리적거리지 않게끔 묶었던 머리를 풀면서 카운터 너머로 뮤우를 바라보았다.

"일단 [교체 소형 망치]를 사용할 액세서리 소체는 만들어 두었으니까 이 중에서 골라. 그런데 타쿠는 왜 못 온 거야?"

타쿠도 [교체 소형 망치]로 장비를 만드는 걸 기대하고 있었기 때문에 신경 쓰여서 물어보니 뮤우가 내가 늘어놓은 액세서리 소체를 고르며 가르쳐주었다.

"타쿠 씨는 내가 원하는 추가 효과를 지닌 장비를 찾는 걸 중간까지 함께 해줬는데, 그게 끝난 다음에 간츠 씨네랑 파티를 짜고 나갔거든."

"그랬구나. 뭐, 타이밍이 안 맞는 건 어쩔 수 없지."

내가 뒤통수를 긁으며 납득하고 있자니 뮤우는 미스릴 액세서리를 고른 다음 인벤토리에서 소재로 사용할 아이템을 꺼내기 시작했다.

"좋아, 액세서리는 이걸로 할래! 그럼 얼른 이 액세서리에 추가 효과를 부여하자! 이걸 위해서 장비나 강화 소재를 잔뜩 모아왔으니까!"

"으앗! 아앗! 잠깐, 카운터 밑으로 떨어지잖아!"

뮤우는 던전 드롭 장비나 명공 NPC의 장비를 차례차례 꺼내 산더미처럼 쌓아 올렸고, 나는 그게 떨어지지 않게끔 나누어서 늘어놓았다.

"음──, 자! 이건 윤 언니의 [교체 소형 망치]야!"

"이게 [교체 소형 망치]구나."

뮤우가 [귀인의 별장] 대장간에서 구입했다는 [교체 소형 망치]를 들어보았다.

금실과 은실로 장식된 자그마한 목제 망치는 매우 가벼웠다.

"이건 어떻게 쓰는 거야?"

"NPC에게 들었는데, 옮기고 싶은 추가 효과를 하나 생각하면서 은색 측면으로 두드리면 소형 망치에 옮겨지는 것 같아. 그리고 옮기고 싶은 추가 효과를 반대쪽 금색 측면으로 두드리면 장비에 부여할 수 있는 것 같고."

"그럼 바로 시험해 봐도 될까?"

"그래!"

나는 뮤우가 고르지 않았던 운성강 액세서리를 골라 [타격 대미지 경감 (극소)] 추가 효과만을 지닌 액세서리를 은색 측면으로 두드렸다.

그러자 앞쪽에 보이는 금색 측면에 [타격 대미지 경감 (극소)]라는 글자가 은실로 글자가 되어 떠올랐다.

"보아하니 장비에서 추가 효과를 벗겨낸 것 같네."

곧바로 반대쪽 측면을 확인해보니 마찬가지로 금실로 벗겨낸 추가 효과 이름이 나타나 있었다.

그리고 금색 측면으로 운성강 액세서리를 두들기자 [교체 소형 망치] 측면의 글자가 사라졌다.

운성강 반지 [장식품] (중량 : 1)

DEF+20

추가 효과 : 장비 중량 경감(소), 타격 대미지 경감(극소)

"이런 느낌으로 쓰는 거구나."

"저기저기. 쓰는 법을 알았으면 얼른 내 것도 만들어줘!"

"잠깐만, 잠깐만. 아직 자잘한 검증이 안 끝났어!"

나는 뮤우를 달래며 다른 장비품을 사용해 검증했다.

"다음은 이거."

그다음에 들어 올린 것은 뮤우가 보스 MOB을 쓰러뜨리고 손에 넣은 유니크 액세서리였다.

이 유니크 액세서리는 딱히 가치가 높은 희귀 액세서리가 아니다.

액세서리의 기본 스테이터스가 낮고, 장비 중량이 무겁고, 디메리트 계열 추가 효과도 있다.

하지만 [참격 강화(대)] 추가 효과가 붙어 있다.

그것을 [교체 소형 망치]로 벗겨낼 수 있는지 시험해보기 위해 두드린 결과, 액세서리에 닿기 직전에 보이지 않는 벽에 가로막힌 듯이 튕겨 나왔기에 [교체 소형 망치]를 떨어뜨렸다.

"아얏!"

"앗?! 윤 언니, 괜찮아?"

"괜찮아. 반동 대미지는 딱히 없어. 그런데 이런 제한 정도는 있구나."

유니크 장비는 이벤트나 퀘스트, 보스를 상징하는 식으로 만들어져있고, 내구도가 설정되어 있지 않은 장비다.

그 때문에 기본적으로 파괴할 수 없는 특성이 있는데, 만약에 [교체 소형 망치]가 효과를 보인다면 한정적으로 그 파괴할 수 없는 특성을 파괴해버리게 된다.

그리고 유니크 장비에는 강력한 추가 효과가 있는 반면, 균형을 맞추기 위해 강력한 디메리트 효과도 함께 존재하는 경우가 많다.

그것을 추가 효과 교체로 피해버리면 게임 밸런스를 붕괴시키는 장비를 만들어버릴 수 있기에 제한을 걸어둔 건지도 모르겠다.

"그러니까, 유니크 장비는 [교체 소형 망치] 소재로 못 쓰는 거야?"

"그런 것 같아. 뭐, 예외는 있긴 하지만."

"모처럼 명공 NPC에게 무기를 만들어달라고 했는데, 유니크화 되어버린 무기는 소재로 못 쓰잖아."

명공 NPC에게 무기를 만들어달라고 하면 가끔 스테이터스가 높고 내구도 설정이 없어지는 무기로 유니크화가 발생한다.

그때 부여된 추가 효과의 조합으로 무기의 이름이 정해지는데, 추가 효과의 조합이 별로 안 좋으면 꽝 유니크라고 불리게 된다.

그런 무기도 소재로 써먹을 수 있을 거라 기대했던 모양이다.

"에휴, 아쉽네. 그럼 이쪽에 있는 장비는 못 쓰겠어. 모처럼 명공 NPC에게 소재를 주고 만들어달라고 했는데."

아쉬워하는 뮤우에게 쓴웃음을 보이며 계속 검증해나갔다.

다음은 좀 전에 추가 효과를 옮긴 [운성강] 반지에서 장비 소재 특유의 추가 효과인 [장비 중량 경감]을 벗겨내며 어떻게 될까.

바로 은색 측면으로 두드린 결과 [교체 소형 망치]에 추가 효과가 옮겨갔고, 반지가 깨져서 빛의 입자로 변해 사라졌다.

"으엑?! 어, 어떻게 된 거야? 갑자기 부서져 버렸어!"

깜짝 놀란 뮤우를 보며 노트에 검증 결과를 적었다.

뮤우의 도움을 받아 검증을 진행한 결과, [교체 소형 망치]의 규칙을 파악했다.

· 유니크 계열 장비의 이용은 불가능.

· 대상 장비 슬롯 이상의 추가 효과를 옮기는 건 불가능.

· 무기, 방어구, 장식품 등 계통별로 나뉘어 있는 추가 효과는 그 계통에만 부여할 수 있다.

· 장비 종류와 관련이 없는 추가 효과는 어떤 장비 종류에도 옮기는 게 가능하다.

· 장비 소재 특유의 추가 효과를 벗겨내면 장비 소체가 소멸한다. 그때 다른 추가 효과가 있더라도 소멸하기 때문에 옮기는 차례에 주의할 필요가 있다.

· 같은 종류의 추가 효과는 [교체 소형 망치]로 한데 모아 일정

수준까지 추가 효과의 능력을 상승시킬 수 있다. (예를 들어 [물리 공격 상승(소)]를 한데 모아 [물리 공격 상승(중)]으로 만들 수 있다.)

· 생산직은 추가 효과 교체만이라면 무기 종류에 상관없이 실행할 수 있다.

· 다른 플레이어가 허가하지 않은 장비를 교체하는 건 불가능.

· [교체 소형 망치]가 부서지는 판정은 추가 효과를 옮긴 뒤에 발생한다.

"규칙은 대충 이 정도려나."

"드디어 내 액세서리를 만드는구나."

"그래, 그런데 뮤우는 어떤 액세서리를 만들고 싶어?"

미스릴제 액세서리라면 추가 효과 슬롯이 최대 4개이기 때문에 방향성을 정할 필요가 있다.

"실은 말이지. 이 장비의 추가 효과를 사용한 조합을 부탁하고 싶었어!"

뮤우는 좀 전에 꺼낸 장비 중에서 몇 가지를 골랐고, 나는 그 장비 스테이터스를 확인했다.

"이거?"

"맞아, 이 추가 효과를 쓸 수 없을까?"

뮤우가 장비들에 부여된 추가 효과를 손가락으로 가리키자 나는 생각에 잠겼다.

"재미있네! 예전에 만든 액세서리가 소체로 더 어울릴 것 같으니까 지금 가지고 올게."

나는 [아트리엘] 공방 아이템 박스에서 [결정주]라는 가공이 까다로운 광물에 미스릴 받침대를 써서 만든 아뮬렛을 가지고 왔다.

"이거라면 소체로 쓰기에 적당할 거야."

"아, 좋다! 바로 부탁할게!"

"알겠어!"

나는 아이템 박스에서 가지고 온 [결정주] 아뮬렛에 추가 효과를 옮겨나갔다.

중간에 교체 소형 망치가 하나 망가지긴 했지만, 무사히 액세서리가 완성되었다.

찬스 아뮬렛 [장식품] (중량 : 1)
MIND+10, LUK+10
추가 효과 : LUK 보너스, 행운 상승(소), 크리티컬 상승(중),
기원

LUK 스테이터스 보정이 있는 액세서리 소체에 [조금] 센스로 부여할 수 있는 [LUK 보너스] 추가 효과를 부여했다.

그리고 다른 장비에서 [행운 상승]과 한데 모은 [크리티컬 상승], 명공 NPC에게 만들어 달라고 한 무기에 달려 있던 희귀 추가 효과인 [기원]을 옮겼다.

이 [기원]은 크리티컬 상승과 드롭 아이템 숫자 증가가 달려 있는 복합 계열 추가 효과다.

[크리티컬 상승]과 [기원] 추가 효과가 중첩되고 LUK 스테이터스도 올려주기 때문에 평소보다 높은 확률로 크리티컬에 의한 강한 대미지를 기대할 수 있다.

"에헤헤, 어때?"

"괜찮은 것 같은데. 그건 뮤우가 쓸 거야?"

"아니. 세이 언니에게 선물하려고."

"아, 그렇구나……."

크리티컬 강화 액세서리로도 강력하긴 하지만 드롭 아이템 보조 효과도 있다.

물욕 센서를 지닌 세이 누나에게 주면 기뻐할 액세서리일지도 모르겠다.

"그런데 그러면 뮤우는 쓸 게 없잖아."

"음. 나는 이 팔찌 강화를 부탁하고 싶은데."

뮤우는 자기 손목에 차고 있던 내가 만든 [스노우 화이트 브레이슬릿]을 벗은 다음, 호수 바닥의 보스 MOB인 황제 무지벌레가 드롭한 강화 소재인 [무지벌레의 빛구슬]과 명공 NPC가 만든 단도를 골랐다.

"이 강화 소재하고 이 무기의 이 추가 효과를 옮겨줬으면 하거든."

"알았어. 그럼 해볼까?"

스노우 화이트 브레이슬릿 [장식품] (중량 : 1)

DEF+10, MIND+15

추가 효과 : 회복 효과(중), 범위 강화(소), 광속성 향상(중),

정신 내성(중)

[무지벌레의 빛구슬]을 사용해서 [회복 효과(중)] 추가 효과를 부여하고, [교체 소형 망치]를 써서 단도에서 [정신 내성(중)] 추가 효과를 옮겼다.

"고마워, 윤 언니. 이제 정신 계열 상태이상을 막기 편해졌어."

완성된 팔찌를 뮤우에게 돌려주자 바로 팔에 차고 기뻐했다.

"다행이네. 자, 이번에는 내 차례지. [생산 길드]에서 주최하는 품평회에 출품할 액세서리를 만들 건데, 전투 플레이어의 시선으로 이것저것 조언해줄래?"

"내게 맡겨! 강한 추가 효과 조합 같은 걸 가르쳐줄 수 있으니까!"

나는 의욕을 보이는 뮤우와 함께 이것도 아니다, 저것도 아니다, 이야기를 나누며 소체로 쓸 액세서리에 [교체 소형 망치]로 추가 효과를 옮겨나갔다.

그렇게 품평회에 출품할 액세서리 후보가 완성되었다. 그것 말고도 액세서리를 몇 개 만든 다음 시기를 봐서 [아트리엘]의 쇼케이스에 전시할 예정이다.

3장   품평회와 새로운 배회 MOB

그로부터 며칠 뒤, 결국 타쿠는 [아트리엘]에 나타나지 않았다.

프렌드 통신으로 연락을 해보니 간츠네와 파티를 짜고 있는 모양이었다.

『미안! 지금 노리고 있는 게 있거든! 그게 정리되면 [교체 소형 망치]로 만들어줘!』

1주년 업데이트로 할 게 많아져서 그걸 하고 있는 건가 하고 납득했다.

그리고 오늘, [생산 길드]에서 주최하는 품평회가 개최된다.

클로드와 리리에게 맡긴 장비는 아직 조정이 끝나지 않았기에 지금도 클로드에게 빌린 그레이스 하베스터를 입은 채마기 씨와 만나기로 약속했던 품평회 회장, [생산 길드]의 길드 회관으로 향하고 있다.

"노점 상황이 좀 차분해지기 시작한 건가?"

나는 노점을 대충 둘러보며 [생산 길드]로 향했다.

업데이트 직후의 아이템 시세 변동 때문에 많이 줄어들었던 노점도 아이템 대부분의 시세에는 영향이 없었기에 진정되기 시작하고 있었다.

"오, [교체 소형 망치]를 파네. 이건 [화속성 보너스(중)]

이고 75만G인가?"

원래 [교체 소형 망치]는 10만G지만, 어떤 장비에서 벗겨낸 추가 효과를 보존한 것을 노점에서 팔게 되었다.

그밖에도 희귀한 추가 효과가 보존된 [교체 소형 망치]나 던전 드롭 추가 효과가 있는 장비 등이 그럭저럭 높은 가격에 팔리고 있는 모습이 드문드문 보였다.

"음~. 강화 소재 가격 자체는 별로 떨어지지 않은 느낌인데."

오히려 추가 효과의 조합에 따라서는 수요가 늘어서 가격이 오를 수도 있겠다. 그런 생각을 하며 [생산 길드]로 들어가자 만나기로 했던 마기 씨가 말을 걸었다.

"윤 군, 좋은 아침이야. 급하게 부탁했는데 품평회에 액세서리를 출품해줘서 고마워."

"마기 씨는 신경 쓰지 마세요. 저도 액세서리를 만드는 게 즐거웠거든요."

"그렇게 말해주니 고마워. 그리고⋯⋯."

마기 씨와 인사를 하자 문득 마기 씨의 시선이 내 머리부터 발끝까지 오갔다.

"저, 저기⋯⋯, 왜 그러시죠?"

"아니, 윤 군의 장비가 평소와는 다르다 싶어서. 귀엽네."

뮤우와 마찬가지로 마기 씨도 귀엽다는 말을 하자 나는 쓴웃음을 지었다.

"클로드하고 리리에게 장비를 맡겼거든요. 그 대신 빌린 방어구예요."

"아, 그래서 둘 다 신이 났구나. 특히 리리가……."

내가 그렇게 설명하자 마기 씨가 혼자 납득했다.

"특히 리리가 왜요? 좀 불안한데요!"

"윤 군하고 클로드의 마개조 무기를 맡아서 어떤 식으로 강화할지 즐겁게 고민했거든."

"아~, 뭐, 무슨 심정인지는 이해가 되는 것 같네요."

마개조 무기는 추가 효과를 최대 15개까지 부여할 수 있다.

일반적인 무기는 추가 효과 슬롯의 최대치 때문에 시험해 볼 수 없는 조합이 있기에 생산직으로서의 호기심이 자극된 모양이다.

"자, 바로 품평회를 보자. 사실 난 아직 윤 군의 액세서리를 확인하지 못했거든."

"제 건 평범해요. 저는 마기 씨가 만든 게 더 신경 쓰이는데요."

그렇게 이야기를 나눈 나와 마기 씨는 길드 회관 안에 마련된 품평회 전시실로 향했다.

그리고 바로, 받침대에 걸린 채 남색 빛을 뿜어내는 아다만타이트 장검이 눈에 띄었다.

"오오! 아다만타이트라면 마기 씨가 만든 건가요?"

"그래, 맞아."

윈드 브레이커 [무기]

ATK+80, DEF+40

추가 효과 : 봉마(풍), 봉마(폭풍), 내구도 향상(중),

장비 중량 경감(소), 자동 수복

"[봉마] 계열 추가 효과라면……, 대 마법 무기?"

타쿠가 PVP에서 세이 누나의 마법을 가르고 무효화시킨 무기와 같은 계통의 추가 효과다.

"정답. 봉마 계열은 마법을 가르면 내구도가 대폭 줄어드니까 [내구도 향상]이랑 [자동 수복]을 조합해서 실용성을 키워봤어."

소체는 내구도가 높은 아다만타이트이고, 추가 효과 슬롯도 최대 다섯 개다.

하지만 아다만타이트제 무기는 꽤 무겁기 때문에 자유자재로 다루려면 [장비 중량 경감]도 필요한 모양이다.

그래서 공격력을 높여주는 추가 효과를 부여할 여유는 없었던 것 같다.

"완전히 대 속성 마법용 무기구나. 멋지고 재미있네……, 응?"

나는 전시된 마기 씨의 검을 보다가 문득 전시대 아래에서 가격을 발견했다.

"어, 어어?! 1800만G! 이게 뭔데요!"

"아, 이번 경매는 가격표 경매로 진행하거든."

"가격표, 경매?"

나는 일반적으로 회장에서 경쟁하는 경매라고 생각했기에 가격표 경매가 무엇인지 몰라서 고개를 갸웃거렸고, 마기 씨가 가르쳐 주었다.

"처음에 판매자가 가격을 정하고, 그 가격을 보고 가지고 싶은 사람이 더 높은 가격을 매겨나가는 거야. 그리고 기간 안에——, 이번에는 품평회에 전시되는 사흘 동안 제일 높은 가격을 매긴 사람이 구입하게 되는 거지. 그런데…….'

그런 형식으로 진행하는 경매도 있구나. 나는 그렇게 납득했지만 품평회는 이제 첫날이다.

그럼에도 불구하고 마기 씨의 검을 이미 1800만G에 사겠다는 사람이 있다니, 대단한 것 같다.

"처음에는 재료비만 쳐서 300만G였는데, 끝날 때는 얼마나 붙으려나."

"정말 대단하네요. 마기 씨!"

"아하하하, 윤 군, 고마워. 그럼 다른 전시품도 보러 갈까?"

나는 마기 씨를 따라 다른 생산직들의 작품도 둘러보았다.

전시된 장비 중에는 방금 본 것처럼 가격표 경매로 파는 장비가 여러 개 있었고, 붙은 가격도 참고가 되었다.

"호오, 이 추가 효과 조합이 540만G구나. 공격 강화 계열은 인기가 많긴 하네."

"그렇지. 앗, 윤 군, 저쪽 방어 계열 장비는 370만G야."

"앗, 대단하네. 꽤 폭넓게 커버할 수 있는 조합이야."

나는 인벤토리에서 노트를 꺼내 어떤 추가 효과 조합에

수요가 있는지 파악하며 적어나갔다.

그리고 그중에는 가격표 경매 대상이 아닌 액세서리도 있었는데, 그런 장비는 생산자의 이름이나 디자인 등으로 눈길을 끄는 등, 보기만 해도 즐거웠다.

"그러고 보니 윤 군의 액세서리는 가격표 경매 대상이야?"

"네. 뭐, 경매라고 해도 이런 형식일 줄은 몰랐지만 일단 출품하긴 했어요. 별로 자신은 없지만요……."

그렇게 말하고 쓴웃음을 지으며 품평회 회장을 나아가보니 내 액세서리가 장식되어 있는 곳이 있었다.

"음, 사실 마기 씨의 대 마법 무기와 비슷한 느낌이라 좀 창피한데요……."

"이게 윤 군이 만든 액세서리구나. 엄청 좋네!"

마기 씨가 칭찬해주자 나는 약간 쑥스러운 기분이 들었다.

방마의 반지 [장식품] (중량 : 1)

MP+50, INT+10, MIND+15

추가 효과 : 대역(마법), 마법 대미지 경감(중), 내구도 향상(중),

자동 수복

미스릴 소체에, 장비 내구도를 소비하여 대미지를 일정량 대신 입어주는 [대역] 계열 추가 효과와 마법 대미지를 경감시켜주는 추가 효과.

그리고 마기 씨의 대 마법 무기와 마찬가지로 실용성을

높이기 위해 [내구도 향상]과 [자동 수복] 추가 효과를 부여했다.

"그렇구나, 조합이 재미있네."

"그런가요?"

"내 봉마 무기랑 윤 군의 액세서리를 장비한 전위는 단숨에 마법 공격을 무시하고 거리를 좁힐 수 있겠어."

"앗, 대 마법사 조합이 될 것 같네요."

봉마 무기로 마법을 파괴하고 나아가며 미처 막지 못한 마법도 액세서리로 경감한 뒤 접근하여 공격한다.

PVP에서 마법사와 싸울 때나 마법 계열 적 MOB이 매우 싫어하는 전개가 될 것이다.

"저는 적의 원거리 마법을 맞았을 때 방어해줄 장비로 만든 거지만요."

"물론 윤 군이 예상한 방식으로 쓸 수도 있겠지만, 장비들의 조합도 고려해보면 재미있단 말이지. 그리고……."

마기 씨가 미소를 지으며 전시품의 어떤 부분을 손가락으로 가리켰다.

거기에는 액세서리의 가격표 경매 현재 가격이 적혀 있었고, 그 가격은 '340만G'였다.

"어?! 앗, 저기……, 말도 안 돼……."

"윤 군의 장비를 제대로 평가해주는 사람도 있어."

처음에는 50만G부터 시작했을 테고, 아직 첫날이다.

그럼에도 불구하고 벌써 이런 가격이 되어 있다는 게 놀라웠다.

디자인도 딱히 손보지 않아서 심플한데 이런 가격을 지불하면서까지 사고 싶다는 플레이어가 있으니 기뻤다.

그 이후로도 여러 생산직이 만든 장비를 둘러보며 공부했다.

스테이터스 강화 계열이나 공격 계열, 방어 계열, 크리티컬 특화 계열, 희귀한 추가 효과만을 모아둔 것 같은 장비, 확률 발동 계열 등, 생산직의 개성과 컨셉 등이 다양해서 보기만 해도 즐거웠다.

그리고 리리와 클로드의 장비도 발견했는데──.

"으엑……, 리리의 지팡이는 벌써 1000만G가 넘었네."

"클로드의 온몸 방어구 한 세트가 2500만G구나. 디자인이나 추가 효과의 조합을 보면 그 정도는 아깝지 않겠어."

OSO 톱 생산직의 장비는 장비의 기초 스테이터스와 디자인, 추가 효과의 조합 등으로 인해 마기 씨의 대 마법 무기와 비교해서 꿀리지 않는 가격이었다.

그리고 그런 클로드와 리리에게 장비를 맡긴 나는 어떤 장비가 되어 돌아올지 조금 기대되기도 했고, 겁이 나기도 했다.

그렇게 품평회 회장을 둘러보고 생산직들의 다양한 발상을 알 수 있게 되어 매우 배운 게 많았다.

"자, 대충 둘러보았는데, 이제 뭐 하실 거예요?"

내가 묻자 마기 씨는 턱에 손을 대고 고민했다.

"그럼 클로드네 가게에서 차라도 마실까? 그리고 이벤트 공지가 있을 테니까 그걸 같이 보자."

"앗, 그러고 보니 그렇네요."

OSO 1주년 업데이트 이후엔 적응 기간으로 열흘 정도 여유를 준 뒤 운영 쪽에서 여름 이벤트 공지를 할 예정이었다.

"여름 이벤트는 어떤 내용일지 기대되네요. 올해도 마기 씨와 클로드, 리리, 이렇게 함께 파티를 짤까요?" "그렇게 하면 재밌겠다. 그럼 콤네스티로 가자."

[생산 길드] 회장에서 나온 나와 마기 씨는 곧바로 동쪽 큰길에 접해있는 클로드의 가게, [콤네스티 카페 양복점]으로 들어가 오픈 테라스석을 확보했다. 그러자 웨이트리스로 일하고 있던 카리앙 씨가 주문을 받으러 왔다.

"마기 씨, 윤 씨, 어서 오세요. 주문은 어떻게 하시겠어요?"

"윤 군, 뭐 먹을래?"

"아이스티하고 행인두부를 먹을까 해요."

"나는 아이스티랑 후르츠펀치."

나와 마기 씨에게 주문을 받은 카리앙 씨는 주문을 전달하러 갔다.

그리고 나와 마기 씨가 이 가게에 왔다는 소식을 들었는지 클로드가 가게 안쪽에서 나왔다.

"마기, 윤. 와 있었나."

"그래, 품평회에 갔다가 차를 마시러 왔어."

클로드는 우리가 주문한 것들을 가져다준 카리앙 씨에게

아이스커피를 부탁한 다음 비어있던 오픈 테라스석에 앉
았다.

"이렇게 마기와 윤이 모였으니 리리도 부를까. 슬슬 여름
이벤트 공지도 뜰 테니까."

그 말을 듣고 나와 마기 씨가 우스워서 살짝 웃자 클로드
가 의아하다는 듯이 고개를 갸웃거렸다.

"둘 다 왜 그러지?"

"아니, 나하고 마기 씨도 아까 그 이야기를 했거든."

"그래서 클로드도 그 이야기를 하는 게 웃겨서."

설명한 나와 마기 씨는 차가운 아이스티를 마시고 숨을
돌렸다.

"뭐, 됐다. 바로 리리를 부르지. 아마 가게 쪽에서 나와 윤
의 무기를 조정하고 있을 테니까."

클로드가 프렌드 통신으로 부르자 잠시 후 큰길 너머 건
너편에 있는 [리리의 목공점]에서 리리가 나왔다.

"클로찌, 불러줘서 고마워! 마기찌하고 윤찌는 벌써 품평
회를 보고 왔어?"

"그래, 리리랑 클로드가 출품한 장비도 보고 왔어."

"벌써 엄청난 가격이 붙어있던데."

내가 그렇게 말하자 리리는 기쁜 듯이 미소를 짓다가 정
신이 번쩍 들었는지 미안한 듯한 표정을 지었다.

"맞다, 클로찌하고 윤찌의 장비는 아직 조정이 완전히 끝
나지 않았어. 미안해."

"괜찮아, 신경 쓰지 마. 리리가 만족스러울 때까지 강화해도 돼."

"그래. 나도 예비 지팡이가 있으니 문제는 없다."

나와 클로드는 그렇게 달랜 다음 리리에게 음료수 주문을 권했고, 넷이서 이야기를 나누며 OSO 이벤트 공지를 기다렸다.

●

"그러고 보니 클로드에게 맡긴 방어구는 어떻게 되었어?"

"윤, 네 방어구는 이미 조정이 끝났다. 자——."

아이스티를 마시고 숨을 돌린 다음 내가 묻자 클로드가 강화를 마친 오커 크리에이터를 건네주었다.

CS(클로드 시리즈) No.6 오커 크리에이터 [방어구]
DEF+70, MIND+40, SPEED+20
추가 효과 : DEX 보너스, 자동 수복, 인식 방해, 생산의 지식,
세트 보너스

오커 크리에이터 한 세트의 스테이터스를 확인했다.

새로 부여된 추가 효과인 [생산의 지식]은 생산 활동에 보정을 주고, [세트 보너스] 쪽은 통일 장비 한 세트를 전부 장비하면 보너스를 얻을 수 있다.

양쪽 다 희귀한 추가 효과였기에 바로 장비를 교체했다.

"역시 이쪽 장비가 느낌이 딱 오네."

"그렇게 말해주니 만든 사람으로서도 기쁘군. 그리고 만족스러운 결과물이 나왔다."

"그런데 클로드, 돈은 얼마 정도 들었어?"

"그래……, 1000만G 정도다."

오커 크리에이터의 업그레이드와 희귀한 추가 효과를 써준 것을 고려하면 타당한 금액일 것이다. 좀 전에 품평회에서 보았던 클로드의 방어구 가격과 비교하면 더욱.

"그럼——, 자. 돈하고 빌린 방어구도 돌려줄게."

"돈은 받겠지만 방어구는 그냥 가지고 있어도 된다, 아니, 그냥 주마."

내가 따졌지만 클로드는 고집스럽게 받으려 하지 않았다.

그 모습을 마기 씨와 리리가 즐겁게 웃으며 바라보고 있었다.

"윤 군, 받아버려. 귀여운 옷이었잖아."

"맞아. 윤찌의 분위기하고 잘 어울리는 옷이었어!"

"으윽, 왠지 매번 뭔가 입을 때마다 방어구가 늘어나는 것 같단 말이지……."

수녀복이나 동복 장비, 무녀복, 수영복 장비와 파카, 그리고 이번에 받은 멜빵 바지까지 점점 옷이 늘어나고 있다.

앞으로도 이런 느낌으로 옷이 늘어나려나? 그렇게 생각하며 한숨을 쉬고 있자니 드디어 OSO의 여름 이벤트 공지가 뜬 모양이었다.

"응. 3시 정각이네. 애들아, 시작할 거야."

마기 씨가 눈에 보이게 띄운 메뉴에 동영상이 재생되기 시작했고, 우리도 함께 그걸 보았다.

우리 말고도 다른 플레이어들이 멈춰 서서 메뉴나 광장 상공에 나타난 이벤트 공지 동영상을 바라보고 있었다.

『플레이어 여러분, 1주년 업데이트를 즐기고 계십니까? OSO 개발부 부장인 요시노 카즈히토입니다.』

최근에는 OSO의 선전 광고탑 같은 역할도 하고 있는 요시노 씨가 등장하는 것도 왠지 익숙해진 것 같다.

『작년 여름 이벤트는 특정 시간에 집합한 뒤 전용 에리어로 전이해서 시작한다는 특성상, 타이밍이 맞지 않아 참가하지 못하셨던 플레이어분들도 많이 계셨습니다. 그런 형식의 이벤트는 플레이어분들에게 공평하지 않은 것 같아 앞으로는 그런 이벤트 형식을 지양하려 합니다.』

"어~, 즐거웠는데……."

리리는 불평했지만, 최근에 [스타 게이트]의 새로운 에리어로 복각되긴 했어도 참가하지 못했던 플레이어들은 불만이 있었을 것이다.

『그런 관계로 올해 여름 이벤트는 겨울에 진행했던 퀘스트 칩 수집 형식 이벤트를 다듬은 방식으로 진행할 예정입니다.』

"아~, 그거 말이지. 퀘스트를 클리어해서 퀘스트 칩을 모으는 거."

마기 씨도 겨울 이벤트를 떠올리며 정겨운 듯이 중얼거렸다.

그때는 이벤트 한정 퀘스트 보수로 설정되어 있던 퀘스트 칩을 모으는 이벤트였는데, 당시 퀘스트도 현재 복각되어 있을 것이다.

『이번 이벤트 기간 중에는 OSO에 있는 모든 퀘스트를 대상으로 보수에 퀘스트 칩이 추가됩니다. 그리고 저번에는 퀘스트 칩이 모두 공통이었지만, 이번부터 금, 은, 동, 세 종류의 퀘스트 칩을 준비하고 그것을 모아서 저번과 마찬가지로 이벤트 한정 아이템과 교환할 수 있게끔 하였습니다.』

동영상 안에서 그렇게 설명한 요시노 씨의 손 안에는 세 종류의 퀘스트 칩이 떠올라 있었고, 각각 어떤 퀘스트로 손에 넣을 수 있는지 설명이 나왔다.

레이드 보스 토벌이나 고난이도 퀘스트가── 금 퀘스트 칩.
토벌 퀘스트나 특정 센스가 필요한 퀘스트 등이── 은 퀘스트 칩.
심부름 계열이나 소재 수집 계열 퀘스트 등이── 동 퀘스트 칩.

퀘스트 내용에 따라 얻을 수 있는 퀘스트 칩의 종류가 나뉘어 있는 것 같았다.

『저번 이벤트 때는 교환하지 않고 남은 퀘스트 칩이 아이템 교환 기간 종료 시에 자동으로 게임 화폐인 G로 변환되었습니다만, 이번에는 이벤트 종료 이후에도 퀘스트 칩을 가지고 있을 수 있으며, 이후의 이벤트로 모은 퀘스트 칩과 합쳐서 아이템을 교환할 수 있게끔 할 예정입니다.』

"흐음. 남겨두는 건 플레이어마다 플레이 시간이 다르다는 걸 고려한 건가?"

"그리고 정기적으로 이런 형식으로 이벤트를 개최하겠다는 뜻이겠지."

클로드와 리리의 분석처럼, 이벤트 기간 중 플레이 시간이 적은 사회인 플레이어나 이제 막 시작해서 퀘스트 칩을 많이 모으지 못하는 플레이어들을 배려한 조치일 것이다.

이번 이벤트에선 목표에 도달하지 않아도 나중에 개최될 이벤트를 반복해서 퀘스트 칩을 모으다 보면 원하는 아이템을 얻을 수 있을 것이다.

그리고 동영상에 뜬 요시노 씨가 이벤트 마지막 설명에 들어갔다.

『저희 운영진이 만든 것이긴 하지만, 현재까지는 효율이 좋은 퀘스트나 일부 퀘스트만 반복하는 빈도가 많고 그것을 제외한 퀘스트는 전혀 진행하지 않는 경우가 많습니다. 그 때문에 달성 빈도가 높은 퀘스트는 보수 퀘스트 칩을 줄이고, 반대로 달성 빈도가 낮고 인기가 없는 퀘스트와 고난이도 퀘스트에는 퀘스트 칩을 많이 설정해두었습니다.』

그렇구나, 그런 식으로 조정해서 다양한 퀘스트를 진행하게끔 하려는 건가? 운영 쪽의 수법에 감탄했다.

『또한, 주간 퀘스트나 월간 퀘스트 등 횟수 제한이 있는 퀘스트는 이벤트 기간 중에 제한을 완화할 예정입니다.』

그 이야기가 나온 순간, [콤네스티 카페 양복점] 안에서 우당탕, 소리가 들렸다.

그쪽을 돌아보니 의자에서 몸을 일으킨 채 기뻐하며 포즈를 취하고 있는 플레이어들이 보였다.

"횟수 한정 퀘스트는 희귀한 강화 소재나 유니크 무기가 드롭되곤 하니까."

마기 씨도 그들을 돌아보고 쓴웃음을 지었고, 동영상 안에서 요시노 씨가 이벤트 공지를 마무리하기 시작했다.

『이번 금은동 퀘스트 이벤트는 이 동영상 공지와 동시에 개시되며, 기간은 8월 31일까지로 예정하고 있습니다. 그럼 부디 이번 여름도 OSO를 즐겨 주시길 바랍니다.』

그리고 플레이어들은 이벤트 공지가 끝나자마자 각자 퀘스트를 소화하기 위해 움직이기 시작했다.

"재미있을 것 같아! 마침 작년 이벤트 멤버가 모여 있으니까 바로 뭔가 퀘스트를 받으러 갈까?"

이벤트 공지가 끝나자 신이 나서 들뜬 리리를 달래며 마기 씨와 클로드가 열람할 수 있게 된 퀘스트 칩 교환 아이템 일람을 확인했다.

"겨울 이벤트 때 없던 아이템이 있네. 그리고 이번에는 원하는 아이템이 없어도 퀘스트 칩을 가지고 있을 수 있으니 다음에 나올 새로운 아이템 교환용으로 퀘스트 칩을 모아두는 플레이어도 많을 것 같아."

나도 교환 아이템을 확인해보니 다양한 아이템이 있었다.

예를 들어 우리가 가지고 있는 마개조 무기가 있다.

저번 이벤트 때는 퀘스트 칩 100개로 교환했는데, 이번에는 은 퀘스트 칩 150개로 교환할 수 있다.

그리고 금 퀘스트 칩 교환 아이템은 길드용 대형 확장 요소 등, 여러 사람이 협력해서 퀘스트 칩을 모으는 것을 전제로 하는 모양이었다.

"음~. 동 칩 교환 대상은 돈하고 SP, 편의성 아이템이네. 그리고 은 칩 교환 대상은 더욱 고급스러워진 편의성 아이템이나 마개조 무기 같은 희귀 아이템, 개인용 설비고."

대충 확인해보니 개인적으로 노리기에는 은 클래스 교환 아이템이 좋을 것 같았다.

"윤 군은 뭔가 신경 쓰이는 거 있어?"

마기 씨가 묻자 나는 곤란한 듯이 웃었다.

"너무 많아서 뭘 골라야 할지 모르겠네요."

신경 쓰이는 아이템으로는 리리도 가지고 있는 [개인 필드 소유권]이나 사역 MOB이 랜덤으로 태어나는 [사역수의 알], MP를 소비해서 평범한 화살을 생성할 수 있는 [무한 화살통] 등, 다양한 이벤트 한정 편의성 아이템이 있었다.

"마기 씨는 신경 쓰이는 아이템 있나요?"

"나도 뭘 골라야 할지 모르겠으니까 퀘스트 칩이 모이면 생각할래."

내가 묻자 마기 씨는 어깨를 으쓱이며 그렇게 대답했다.

"뭐, 설명 문구만 보면 게임의 균형을 뒤엎을 만한 아이템은 없는 것 같군. 그리고 아이템의 성능이 검증되고 나서 고르면 꽝을 뽑지도 않을 테고."

클로드의 정취 없는 소리에 나와 마기 씨가 눈을 흘겼고, 리리가 쓴웃음을 지었다.

"뭐, 우리는 OSO의 업데이트 내용을 즐기면서 퀘스트 칩을 모으기만 하면 되는 거야."

"그래. 이번에 모은 퀘스트 칩은 다음을 대비해서 가지고 있을 수도 있으니까."

다른 플레이어들은 원하는 아이템을 위해 열심히 퀘스트를 할 모양이지만, 우리는 1주년 업데이트와 생산 활동을 우선적으로 즐기기로 했다.

"그럼 어떡할까? 우선 어떤 업데이트 내용을 즐길 건데?"

"업데이트로 추가된 새로운 퀘스트를 즐기면서 퀘스트 칩도 덤으로 모으는 건 어때?"

리리의 욕심이 드러난 의견을 듣고 나와 마기 씨가 살짝 웃었다. 그때 갑자기 동쪽 하늘이 어두워지기 시작했다.

"응? 갑자기 날씨가 흐려졌나?"

OSO는 에리어마다 기온과 환경이 다르긴 하지만, 그래도 급격한 환경 변화가 일어나진 않는다.

먼 곳을 볼 수 있는 [하늘의 눈]으로 동쪽 하늘을 올려다보니 구름도 없는데도 어둑어둑해진 하늘에서 갑자기 번개가 쳤고, 동쪽에서 돌풍이 휘몰아쳤다.

"뭐, 뭐야! 이게!"

돌풍에 날아갈 뻔한 리리의 팔을 마기 씨가 붙잡았다. 나와 클로드는 팔을 앞으로 내밀어 돌풍을 견뎌냈다.

"이건, 설마!"

"클로드, 뭔지 알아?!"

이런 현상은 OSO를 하면서 한 번도 마주친 적이 없다.

돌풍이 잠잠해지고 공중에서 번개가 더욱 거세게 치기 시작하자 플레이어들이 그쪽으로 달려갔다. 우리는 클로드가 하는 말에 귀를 기울였다.

"1주년 업데이트로 배회 보스인 그림 리퍼가 고정 보스가 되었다는 건 기억하나?"

"응, 남동쪽에 있는 묘지 던전의 신규 계층에 배치되었잖아."

"그래, 그 대신 추가된 배회 MOB이 저거다."

거센 번개와 함께 공중의 공간이 까맣게 일그러졌고, 그 안에서 거대한 MOB이 모습을 드러냈다.

하얀 깃털과 녹색의 용린, 일정한 간격으로 몸통에 돋아난 순백의 날개. 새와 동양의 용을 합친 것 같은 MOB이 시공의 구멍에서 모습을 드러냈다.

"저게 새로운 배회 MOB인 가루다 드래곤이다!"

시공의 구멍에서 나타나 상공에서 몸을 꿈틀대며 날아다니는 거대한 용을 올려다보며 나는 깜짝 놀라기만 했다.

●

　동쪽 하늘에서 유유히 헤엄치듯 날아다니는 가루다 드래곤을 올려다보고 있던 우리에게 클로드가 물었다.

　"자, 어떻게 할 거지?"

　"어? 어떻게 하냐니……."

　많은 플레이어들이 가루다 드래곤이 있는 쪽으로 뛰어가고 있지만, 저렇게 강해 보이는 보스와 맞서 싸울 생각은 없다.

　그리고 애초에 무기는 리리에게 맡겨두었기 때문에 효과적인 공격 수단은 마법뿐이다.

　"설명이 부족했군. 저 가루다 드래곤은 비선공 배회 보스이고 플레이어를 거의 공격하지 않는다."

　"거의……, 그래도……."

　가루다 드래곤이 나타나자 그 밑에 도착한 플레이어들은 지상에서 공격을 날렸다.

　반격하는 건지 가루다 드래곤의 몸에서 연분홍색 광선이 플레이어들에게 쏟아져 내리는 게 보였다.

　"저건 가루다 드래곤의 공격이 아니라 보수다."

　"보수?"

　"배회 보스인 가루다 드래곤은 일정 이상 대미지를 입으면 그 부위 중 일부가 소재로 벗겨져 나오거든. 그것이 낙하한 궤적이 저 광선이다."

그 설명을 듣고 마기 씨와 리리가 눈을 반짝였다.

"클로드! 그 아이템이라는 게 혹시……."

"그래, 생산 소재와 강화 소재다. 그러니까 플레이어들이 저렇게 필사적으로 공격해서 소재를 얻으려 하는 거지."

"마기찌, 클로찌, 윤찌! 희귀 소재를 손에 넣자! 다음에 언제 또 손에 넣을 수 있을지 모르잖아!"

"앗! 잠깐만! 정말……."

클로드의 설명을 들은 마기 씨와 리리가 다른 플레이어들과 마찬가지로 뛰어가기 시작했고, 나와 클로드는 두 사람을 쫓았다.

"벌써 1주년 업데이트 내용이 등장하셨군. 마음껏 즐겨보자고."

"클로드……, 그래, 해볼까!"

금은동 퀘스트 칩 모으는 건 나중에.

지금은 OSO 1주년 업데이트로 추가된 새로운 배회 보스인 가루다 드래곤과 맞서 싸우는 걸 즐겨볼 생각이다.

가루다 드래곤의 소재 말고도 1주년 업데이트 내용은 잔뜩 있다.

지금까지 플레이어들이 가본 적 없는 에리어나 시설 방문, 신규 아이템 수집, 신규 센스의 레벨을 올리는 것 등, 할 일, 하고 싶은 일이 산더미다.

"망설이다가 즐길 시간을 낭비하면 안 되겠지."

"맞는 말이다. 하지만 지금은 눈앞에 있는 가루다 드래곤에게서 어떻게 소재를 얻을지 생각해야겠지."

우리는 눈앞에 닥친 것부터 온 힘을 다해, 그렇게 생각하며 동쪽 성문 근처까지 왔다.

"그런데 가루다 드래곤에게 어떻게 대미지를 입힐 거야?"

먼저 동문으로 온 마기 씨와 리리가 가루다 드래곤을 올려다보았지만, 제1마을 건물보다 높은 위치에서 천천히 날아다니고 있어서 평원으로 나온 플레이어들의 공격이 닿지 않았다.

가루다 드래곤의 비행에는 패턴이 있는지 가끔씩 지면에 아슬아슬하게 닿을 정도로 낮게 날았다.

그때 플레이어들이 몸에 돋아난 깃털을 잡고 등으로 올라타 공격을 가하고 있었다.

그리고 가루다 드래곤의 등에 대미지를 입혀서 소재를 손에 넣은 직후, 등에서 떨어져서 낙하 대미지로 인해 빛의 입자가 되어 귀환했다.

"일단 등에 올라타는 것처럼 위험한 짓은 안 할 거야!"

가루다 드래곤의 등에서 떨어져 죽은 플레이어를 보고 내가 그 방법을 거부하자 마기 씨가 주위를 둘러보다 어떤 장소를 발견했다.

"성벽으로 올라가서 조금이나마 거리를 좁히자!"

원거리 공격이 특기인 플레이어들은 자신의 공격 사정 범위를 파악하고 있었기에 성벽 위에서 가루다 드래곤을 노리고 있었다.

우리도 마을을 둘러싸고 있는 성벽의 기나긴 계단을 넷이서 뛰어 올라갔다.

"하아, 하아…… 역시 여길 단숨에 뛰어 올라가니까 지치네……."

마기 씨와 리리는 스테이터스가 나보다 높았기에 여유 있게 올라갔고, 약간 숨을 헐떡이면서도 성벽보다 높은 위치에 있는 가루다 드래곤을 올려다보았다.

그리고 내 뒤에서 올라온 클로드가 남은 시간을 알려주었다.

"허억, 허억……, 가루다 드래곤의 출현 시간은 30분이다. 이제 20분밖에 안 남았다."

그렇게 말하고 지팡이를 들어 올린 클로드가 암속성 마법으로 가루다 드래곤을 노렸지만, 긴 몸통 측면에 맞았는데도 멀쩡했다.

"젠장, 위력이 부족해! ──《섀도우 불릿》!"

성벽 위에 모여든 플레이어들도 마찬가지로 원거리 아츠나 마법으로 공격하고 있지만 한 번의 공격으론 소재를 얻을 수 있는 대미지에 도달하지 못했는지 몇 번이고 반복하고 있었다.

"새로운 소재에 낚여서 생각 없이 오긴 했는데, 원거리 공격이 필요하단 말이지. 이럴 줄 알았다면 일단 [오픈 세서미]로 돌아가서 대포를 가지고 올 걸 그랬어."

"마기찌, 성벽으로 다가오면 등에 올라탈 수 있지 않을까?"

"그래. 낙하의 기세를 살려서 무기를 내려치면 꽤 강한 대미지를 입힐 수 있을지도 몰라⋯⋯."

"잠깐! 잠깐! 마기 씨하고 리리! 그건 너무 위험하잖아!"

마기 씨와 리리가 말한 것처럼 성벽에서 뛰어내려 공격을 가하려고 한 플레이어들은 뛰어내릴 타이밍을 잘못 잡아 지면에 내동댕이쳐졌다.

"리리에게 맡긴 지팡이가 있다면 지금보다 훨씬 더 강한 대미지를 입혔을 텐데!"

"나도 활은 전부 리리에게 맡겨 두었으니⋯⋯."

모처럼 눈앞에 1주년 업데이트로 새로 추가된 가루다 드래곤이 있는데도 소재를 얻을 방법이 없어서 분한 마음에 이를 악물었다.

"⋯⋯윤찌하고 클로찌의 장비는 전부 완성되면 함께 돌려주려고 했는데, 사실 하나――, 윤찌의 무기는 가지고 왔어."

"정말이야? 리리!"

리리가 내 무기를 가지고 왔다.

그렇다면 나도 가루다 드래곤에게 대미지를 입힐 수 있다.

"그런데 아직 조정 중이야! 추가 효과도 부여하던 도중이니까 10분! 아니, 5분만 기다려! 그동안 마무리할 테니까!"

리리는 그렇게 말한 다음 곧바로 내가 맡긴 활――, 마개조 무기인 [볼프 사령관의 장궁]을 꺼냈다.

그 뒤를 이어 인벤토리에서 추가 효과를 부여할 때 쓰는 아이템을 늘어놓고 바로 부여해나갔다.

가루다 드래곤의 출현 시간이 줄어드는 와중에 나와 마기 씨가 리리를 지켜보았고, 클로드는 MP 포트를 마시며 마법을 날리고 있었다.

　"다 됐다! 윤찌, 시간이 없어!"

　"그래, 하는 대로 해볼게!"

　나는 리리에게서 완성된 [볼프 사령관의 장궁]을 받은 다음 가루다 드래곤을 올려다보았다.

　"윤 군! 남은 시간이 이제 5분도 안 돼!"

　"젠장, 나는 비늘하고 깃털 하나씩만 주나!"

　클로드도 원래 쓰던 무기로 공격하진 않았지만, 그래도 소재 몇 개를 손에 넣었다.

　시간이 얼마 남지 않은 상황에서 나는 운성강제 화살을 겨누고 활시위를 당겼다.

　"가라! ──《마궁기ㆍ환영의 화살》!"

　평소보다 뒤로 밀려나는 것 같은 반동을 느끼며 상공으로 날린 화살은 붉은 꼬리를 끌며 가루다 드래곤이 있는 하늘로 솟구쳤다.

　붉은 꼬리에서 마법의 화살이 갈라지듯 분열하여 적을 다양한 각도에서 노리는 게 원래 이 활 계열 아츠다.

　그런데──.

　"잠깐! 숫자가 많아!"

　하늘로 솟구친 화살과, 그 뒤쪽으로 뻗은 붉은 꼬리에서 갈라져 나온 예상보다 더 많은 마법의 화살이 가루다 드래곤의 측면에 꽂히기 시작했다.

연쇄(체인) 대미지로 인해 마법의 화살이 입히는 대미지는 훨씬 늘어났다.

그리고 어느 시점에서 일정 이상의 대미지를 입히자 연분홍색 광선이 포물선을 그리듯이 내게 쏟아져 내렸다.

"좋아, 이제 됐다."

"윤찌! 똑같은 아츠를 날려! 한 번 더!"

"응?! ――《마궁기 · 환영의 화살》!"

연쇄 대미지 유효 시간이 끝나기 전에 다시 똑같은 아츠를 날리는 데 성공했다.

다시 마법의 화살 다발이 가루다 드래곤에게 꽂혔고, 연쇄 대미지로 인해 위력이 강해진 마법의 화살로 인해 차례차례 가루다 드래곤의 소재가 쏟아져 내렸다.

"이걸로 마무리! ――[익스플로전]!"

가루다 드래곤의 몸에 박힌 운성강 화살에 인챈트된 마법을 기동시켰다.

금속 화살을 기점으로 폭발이 일어났고, 마지막 소재가 포물선을 그리며 우리가 있는 곳으로 천천히 내려왔다.

그리고 출현 시간 30분이 지나자 가루다 드래곤은 등장했을 때와 마찬가지로 시공의 구멍을 통해 자취를 감추었다.

"이 활은 대체 뭐야. 그리고 이 소재는 어쩌고."

원래 《마궁기 · 환영의 화살》은 본체 하나와 마법의 화살 다섯 개로 구성되는 다단 계열 아츠다.

하지만 그것과 비교도 안 될 정도로 많은 마법 화살 다발을 보니 버그가 아닐까 하고 걱정이 되어서 리리를 보았다.

"윤찌, 괜찮아. 무기의 스테이터스를 봐."

"어……, 말도 안 돼?!"

볼프 사령관의 장궁 [무기]

ATK+40(+15)

추가 효과 : [ATK 보너스] [ATK 부가] [공격 상승(중)]
[강력] [사격 강화(중)] [자돌 강화(중)] [전력 공격(중)]
[반동 경감(소)] [이중 전투기술(더블 아츠)] [스킬 확산(숫자)]
[스킬 강화(거리)] [연쇄 대미지 증가(소)]
[장비 스테이터스 상승(중)] [대기 시간(딜레이 타임) 단축]
[원호]

최대로 강화된 마개조 무기는 매우 강력한 성능을 자랑했다.

"그 마법의 화살 숫자가 늘어난 건 [이중 전투기술]이랑 [스킬 확산(숫자)]의 시너지 효과 덕분이야. 윤찌는 알아보기 힘들었겠지만, 그 순간, 아츠가 두 번 발동되었거든."

내가 [볼프 사령관의 장궁]의 스테이터스와 리리의 설명을 한꺼번에 이해할 수가 없어서 곤란해하고 있자니 마기 씨와 클로드가 간단히 설명해 주었다.

"[이중 전투기술]이라는 추가 효과는 한 템포 늦게 그 직전에 발동시킨 아츠와 똑같은 효과를 발생시키거든. 참고로 아이템 소비 계열 아츠의 아이템도 인벤토리에서 소비되고."

"[스킬 확산(숫자)]는 다단 계열 아츠나 마법 스킬의 숫자를 3배로 늘려주는 추가 효과다."

"음……, 《마궁기 · 환영의 화살》이 본체 하나고 마법의 화살이 다섯 개니까……."

[이중 전투기술]의 추가 효과로 아츠가 두 번 발동되어 본체 2개와 마법의 화살 10개.

그리고 [스킬 확산(숫자)]로 마법의 화살이 3배로 늘어났기 때문에 본체 2개와 마법의 화살 30개다.

그것이 가루다 드래곤의 몸통을 향해 쇄도하는 모습이 마치 붉은 수렴광선처럼 보였던 것도 이해가 된다.

"그리고 [반동 경감(소)]랑 [대기 시간 단축] 추가 효과 덕분에 윤찌가 금속제 화살을 날려도 반동이 적었고, 연쇄 대미지의 유효 시간 안에 아츠를 날릴 수 있었던 거지."

그 결과, 짧은 시간 만에 30개 이상의 마법의 화살을 날리는 탄막 발사 장치가 되었다.

"컨셉은 연쇄 대미지로 상대를 쓰러뜨리는 무기야!"

리리는 그렇게 힘주어 말했다. 정말 흉악한 장비가 완성된 것 같다.

시간을 들여서 빙속성 마법 100발을 준비하는 세이 누나보다 손쉽게 탄막을 만들 수 있게 되어버린다.

그리고 무기의 낮은 기초 스테이터스를 보강하기 위해 공격 상승 계열 추가 효과도 여럿 부여되어 있다.

"소재가 꽤 많이 보였는데……."

클로드가 예비 지팡이라고는 해도 시간이 다 될 때까지 MP 포트를 마구 먹어가며 얻은 소재는 4개다.

그에 비해 내 발치에 굴러다니는 소재는 30개가 훨씬 넘었다.

그리고 기대하는 듯이 내 쪽을 보는 마기 씨와 리리.

"일단 넷이서 똑같이 이 소재를 나눌까."

"윤 군, 고마워!"

"앗싸아아! 희귀 소재다아!"

온몸으로 기쁜 감정을 표현하는 마기 씨와 리리를 보고 나는 쓴웃음을 지었다.

마기 씨의 기세와 클로드의 해설, 리리가 만들어준 마개조 무기, 어떤 게 빠졌더라도 이 성과를 얻을 수 없었을 테고, 그냥 시간만 낭비했을지도 모른다.

나는 가루다 드래곤의 용린과 순백의 깃털, 뿔과 송곳니 소재를 넷이서 똑같이 나누었다.

그리고 각각 생산 소재와 강화 소재로 어떤 아이템을 만들 수 있을지 이야기를 나누다 정신을 차리고 보니 저녁이었기에 함께 로그아웃했다.

그때 우리가 가루다 드래곤에게서 소재를 잔뜩 얻은 모습을 많은 플레이어들이 목격했다.

그 결과, 내가 사용한 [교체 소형 망치]로 강화한 마개조 무기의 잠재능력이 널리 알려지게 되었다.

이제 막 시작한 퀘스트 이벤트로 입수할 수 있기 때문에 많은 플레이어들이 마개조 무기를 얻기 위해 퀘스트를 받기 시작한 건 또 다른 이야기다.

4장   카지노와 사기꾼 딜러

제1마을에 가루다 드래곤이 나타나고 며칠 뒤——, 사흘 동안 진행된 [생산 길드] 주최 품평회는 무사히 끝을 맞이했다.

"[방마의 반지]가 예상보다 괜찮은 가격에 팔렸네."

[아트리엘] 카운터 안쪽에 앉아있던 나는 품평회에 출품한 [방마의 반지]가 최종적으로 420만G에 낙찰되었다는 보고를 받고 있었다.

"[아트리엘]의 쇼케이스에도 똑같은 계통 액세서리를 전시해둘까."

그 보고를 받고 예비로 만든 액세서리에 같은 계통 추가 효과를 부여해서 쇼케이스에 진열했다.

하지만 똑같은 액세서리를 팔아도 품평회 때처럼 비싸게 팔지는 못할 것 같았다.

"다른 생산직들이 비슷한 효과가 있는 액세서리를 만들 테니 이번에는 뜻밖에도 보너스를 받았다고 치자."

품평회는 [교체 소형 망치]를 사용한 추가 효과의 새로운 조합을 알리는 발표회 같은 측면이 있었다.

따라서 경매에서 낙찰된 가격이 플레이어들의 수요를 알려주는 지표가 되기에 다른 생산직들도 그것을 보고 차례차례 비슷한 추가 효과 조합이 들어간 장비를 만들기 시작했고, 플레이어들의 수요를 채워주고 있다.

그리고 수요가 다 차면 가격은 자연스럽게 낮아지게 된다.

"그건 그렇고 역시 마기 씨네는 대단해. 그 장비는 엄청난 가격이 붙었으니까."

톱 생산직인 마기 씨네가 출품한 장비들은 최종적으로 3000만G에서 4000만G 정도에 낙찰되었다.

그리고 너무 인기가 많아서 장비 강화 의뢰가 잔뜩 들어온 탓에 매우 바쁜 모양이었다.

"그건 그렇고 정말 괜찮은 건가……."

클로드는 내 오커 크리에이터를 1000만G에 강화해주었고, 리리도 가루다 드래곤을 공격하기 위해 급하게 [볼프 사령관의 장궁]을 마무리해주었다.

그 이후로 내가 손에 넣은 소재를 넷이서 나눈 게 보수가 되었는데, 품평회에 출품한 장비의 가격을 보니 너무 싸게 해준 것 같다.

그리고 리리는 아직 메인 무기인 [검은 소녀의 장궁]도 조정 중이고, 그 강화 비용도 싸게 받았다.

"음~. 지금이라도 추가로 비용을 주는 게 나으려나? 하지만 절대로 받으려 하지 않겠지."

어떻게 하면 보답을 할 수 있을지 고민하던 참에 클로드에게서 프렌드 통신이 들어왔다.

"왜 그래? 클로드. 무슨 일 있어?"

『윤, 네게 확인하고 싶은 게 한 가지 있다만, 북쪽 마을에 가본 적 있나?』

북쪽 마을이란 그랜드 록이 있는 고원 에리어에서 북쪽에 있는 동굴 너머 마을이다.

그 중간에는 에리어를 가로막은 보스 MOB인 라이트닝 호스가 있고, 동굴을 빠져나가서 북쪽 마을 주변으로 가면 눈으로 뒤덮인 한랭 지역이 있기에 내한 장비가 필요하다.

"센스 확장 퀘스트를 하러 가서 포탈을 개통시켜두었어. 뭐, 그 이후로는 간 적이 없긴 한데……."

내가 대답하자 클로드가 질문의 의도에 대해 가르쳐 주었다.

『업데이트로 추가된 시설에 가고 싶다. 마기와 리리에게도 일정을 물어보았는데, 오늘 밤에 시간 되나?』"오늘 밤? 목욕한 다음에 10시 이후라면 시간이 괜찮긴 해. 무슨 시설인데?"

내가 묻자 클로드는 새로운 시설과 거기에 관련된 신규 퀘스트의 개요를 간단히 설명해 주었다.

『실은 말이다. 카지노에 갈 거고, 간 김에 [사기꾼 딜러를 찾아라]라는 퀘스트를 받을까 하거든.』

"카지노라……."

카지노라는 단어를 듣고 무심코 그런 말이 나와버렸다.

나는 가본 적이 없지만 겨울 퀘스트 이벤트 때 도박 카지노 시설이 등장했고, 운이 좋으면 퀘스트 칩을 쓸어 담을 수 있다는 이야기를 들었다.

그렇게 카지노에 도전했다가 도박에 져서 소지금이 바닥난 플레이어가 재빠르게 돈을 벌기 위해 PK를 하러 나섰었지.

그 PK에 나까지 노려졌던 걸 기억하고 있다.

『왜 그러나? 윤.』

"음, 카지노 때문에 신세를 망쳐서 PK가 되진 않도록 해."

『그런 걸 신경 쓰고 있었나? 아니, 카지노 PK 타락에 대해 알고 있었나…….』

클로드가 약간 씁쓸한 목소리로 저번과 이번 카지노의 차이에 대해 가르쳐 주었다.

『겨울 이벤트 때 나온 카지노는 제1마을에만 있었고, 이번엔 퀘스트 칩을 거는 형식에서 G를 카지노 코인으로 변환해서 게임을 즐기고, 얻은 코인으로 카지노 경품을 손에 넣는 형식으로 바뀌었다.』

"그래도 충분히 신세를 망칠 만한 요소가 있잖아."

『뭐, 그걸 제쳐두더라도 카지노는 1주년 업데이트로 부활한 제1마을 말고도 미궁거리와 북쪽 마을에도 추가되어 각각 카지노 관련 퀘스트가 생겼다. 그래서 말인데, 카지노 경품을 확인할 겸 관련 퀘스트를 해보지 않겠나?』

"뭐, 그 정도면 가도 괜찮을 것 같은데?"

나는 승낙했고, 마기 씨네와 함께 북쪽 마을로 카지노 관련 퀘스트를 하러 가게 되었다.

밤이 되자 [아트리엘]에 로그인한 나는 방어구를 동복 오커 크리에이터로 교체하고 미니 포탈을 통해 북쪽 마을로 전이했다.

"으윽, 추워! 마기 씨네는……."

"어이~, 윤 군! 이쪽이야! 이쪽!"

내가 제일 나중에 왔는지 마기 씨네는 이미 모여 있었다.

모두가 확실하게 동복 장비로 갈아입었고, 현실은 한여름인데 이 마을만은 계절이 겨울이었다.

"미안, 내가 늦었나?"

"아니, 우리도 좀 일찍 도착한 참이야. 다 모였으니 갈까."

모두가 모이자 클로드가 선두에 서서 목적지를 향해 걸어가기 시작했다.

달빛과 가로등, 집의 불빛이 눈에 반사되어서 밤인데도 밝은 거리를 나아갔다.

"나는 북쪽 마을에 거의 온 적이 없는데, 카지노는 어디 있어?"

"아, 그건 말이지……. 여기인 것 같군."

내 질문을 받은 클로드가 'CLOSE'라는 간판이 걸린 술집 앞에 멈춰서 가게 문을 노크했다.

"뭐야. ──이 추운 날에 오다니. 오늘은 가게를 닫았다고."

작게 난 방범창으로 점원 NPC가 이쪽을 확인했지만 문을 열어줄 기색은 없었다.

"──몸을 데우기 위해 [벌꿀주]를 마시러 왔다. 그것도

[금화]처럼 색이 진한 걸로.”

“좋아, 들어와.”

클로드가 대답하자 점원 NPC가 문을 열고 우리를 안으로 들여보내 주었다.

“저기, 클로찌, 방금 그건 뭐야?”

“뭐, 비밀의 암구호 같은 거지. 제1마을의 카지노에서 돈을 꽤 많이 카지노 코인으로 교환하면 미궁거리와 북쪽 마을 카지노에 들어갈 수 있는 암구호를 가르쳐 주니까.”

미궁 거리의 카지노는 [사금]과 [황금향]이라는 단어를, 북쪽 마을 카지노는 [벌꿀주]와 [금화]라는 단어를 말하면 통과시켜주는 모양이었다.

“왠지 이런 암구호로 통과시켜주는 건 멋지네. 윤 군은 어떻게 생각해?”

“그것만으로 쉽게 통과할 수 있으니 편해서 좋긴 한 것 같네요.”

클로드와 리리 뒤에서 나와 마기 씨는 앞으로 어떤 일이 일어날지 기대에 부풀었다.

그리고 술집으로 들어가 마스터의 안내를 받고 안쪽 계단을 내려가자 그곳에는——.

“오오오, 진짜로 카지노가 있네…….”

화려한 샹들리에와 조명이 켜져 있고 정장과 드레스 차림으로 도박을 즐기는 NPC들과 그 도박을 관리하는 딜러 NPC.

지하에 숨겨져 있는 카지노는 추운 겨울 마을과는 전혀 다르게 뜨거운 열기가 느껴졌다.

　"자, 이쪽이다."

　"아, 잠깐만!"

　클로드는 망설임 없이 걸어가더니 이 카지노에서 제일 높은 사람으로 보이는 약간 뚱뚱하고 하얀 수염이 난 사람에게 말을 걸었다.

　"어라, 손님. 무슨 일이신지요?"

　우리가 다가가자 사람이 좋아 보이는 미소로 대응한 약간 뚱뚱한 신사에게 클로드가 용건을 말했다.

　"지배인. 곤란해하는 것 같은데 무슨 일이 있나?"

　클로드가 그렇게 묻자 부드러운 미소를 짓고 있던 지배인 NPC가 곤란하다는 듯한 표정을 지으며 말하기 시작했다.

　"실은 이 카지노 딜러 중에 속임수를 쓰는 괘씸한 녀석이 있는 것 같습니다. 신사의 사교장으로 제공하는 카지노에서 그런 짓을 하니 곤란하군요."

　"이게 클로드가 우리에게 함께 하자고 했던 [사기꾼 딜러를 찾아라]라는 퀘스트구나."

　"그래, 나 혼자서 사기꾼 딜러를 찾아내려면 일손이 부족해서 힘드니까."

　마기 씨가 납득한 듯한 목소리로 말하며 고개를 끄덕였다.

　"하지만 저희는 누가 속임수를 쓰는지 알 수가 없습니다. 그러니 손님께서 사기꾼 딜러를 찾아주실 수 있을까요? 만약에 찾아내신다면 그에 맞는 보답을 해드리겠습니다."

──【퀘스트 : 사기꾼 딜러를 찾아라】──
사기꾼 딜러를 찾아내고 그 수법을 밝혀내라.

곧바로 발생한 퀘스트를 수주한 우리는 카지노 지배인 NPC의 안내를 받고 안쪽 방으로 갔다.

"이곳에는 신사, 숙녀용 의상과 본 카지노의 스태프 의상이 있습니다. 딜러를 찾을 때 도움이 되었으면 좋겠군요."

늘어서 있는 의상은 턱시도와 드레스, 딜러와 음료수를 나누어주는 바텐더 의상까지 다양했다.

"뭔가 이런 의상이 마련되어 있으니 잠입 미션 같아서 두근거리네!"

리리는 어린이 사이즈의 턱시도와 붉은 나비넥타이에 짧은 바지 스타일 의상, 그리고 똑같은 사이즈를 가진 딜러복을 들고 비교해보고 있었다.

"카지노에 맞게 디자인이 어른스러운 게 많네. 그래도 바니걸처럼 야한 옷은 없는 것 같아. 아, 그래도 이건 좀 바니 같네."

마기 씨는 등이 크게 파인 드레스를 들어본 다음, 여성용 바텐더 의상을 들었다.

바텐더 의상은 푸른색 줄무늬 셔츠에 연미복 같은 조끼와 타이트스커트, 그리고 토끼 같은 리본이 달린 카츄샤 세트였다.

"이렇게 마련해둔 게 뭔가 의미가 있나?"

나도 마찬가지로 남자용 손님 의상과 스태프 의상을 들고 비교해 보았다.

"흐음. 그냥 손님 쪽 의상과 스태프 쪽 의상은 얻을 수 있는 정보가 다른 것 아닐까?"

예를 들어 손님쪽 의상을 입고 가면 마찬가지로 손님인 NPC에게 정보를 얻을 수 있고, 스태프 의상을 입고 가면 스태프에게서 정보를 얻을 수 있거나 스태프만 들어갈 수 있는 곳을 조사할 수 있을지도 모르겠다.

"그럼 손님하고 스태프 의상으로 반씩 나뉘자."

우리는 어떤 조합으로 할지, 그리고 어떤 의상을 입을지 고민하며 약간 시간을 보냈다.

특히 내 의상에 대해 내 의견과 클로드의 취향이 크게 맞부딪혔다.

●

"휴우, 겨우 사수했네."

"윤찌, 고생했어. 그 의상도 멋져."

그렇게 칭찬해준 리리는 처음에 들어보던 스태프 쪽 의상인 어린이용 딜러복을 입고 있었다.

반바지에 까만 조끼, 그리고 나비넥타이를 한 모습이 매우 소년스러운 느낌을 강조하는 것 같았다.

그리고 내 옷도 남자용 딜러복이다.

연미복 같은 조끼 뒤쪽이 길게 늘어져 있고, 푸른색 줄무 늬 셔츠를 입고 있다.

하지만 여자용 바텐더 의상을 추천하던 클로드와 타협하 는 의미로 내 긴 머리카락 중간 정도에 리본을 달기로 했다.

"윤 군, 잘 어울려."

"마기 씨도 멋지시네요!"

마기 씨는 녹색 머메이드 드레스를 입고 있었다.

마기 씨의 피부색, 머리카락 색을 돋보이게 해주는 드레 스와 클로드가 고른 장식품은 여전히 센스가 훌륭하다.

마지막으로 클로드는 턱시도 차림에 머리카락을 올백으 로 넘겨 카지노에 도전하는 것 같았다.

"자, 사기꾼 딜러를 찾아보자고. 나하고 마기는 우선 카 지노 메달을 확보하러 가지."

옷을 다 갈아입은 우리는 나와 리리가 스태프 쪽, 마기 씨 와 클로드가 손님 쪽으로 나뉘어 사기꾼 딜러를 찾기 시작 했다.

"그럼 뭐부터 시작해야 할까?"

"저기, 윤찌! 윤찌! 저쪽 카지노 게임은 뭘까?"

사기꾼 딜러를 찾는다기보단 이미 새로운 요소가 생긴 카 지노에서 놀 생각으로 가득 찬 리리를 보고 쓴웃음을 지었다.

리리를 따라가자 그곳에는 카드를 나누어주는 딜러가 있

었고, 그 NPC가 우리에게 말을 걸었다.

"오, 신입 스태프인가? 우리 게임을 즐기고 가는 건 어때?"

"네? 그래도……."

"괜찮아. 신입은 손님 같은 입장에서 게임을 익혀야 하니까. 뭐, 다양한 게임을 즐겨달라고. 카지노 메달이 다 떨어지면 줄 테니까."

그 NPC는 그렇게 말한 다음 나와 리리에게 카지노 메달을 각각 100개씩 건넸다.

"윤찌, 이걸 써서 카지노 게임을 즐길 수 있겠어."

"그래. 그리고 메달이 떨어지면 또 받을 수 있는 것 같아."

카지노 메달 100개가 어느 정도 가치인지는 모르겠지만, 일단 나와 리리는 딜러나 손님 NPC와 함께 그곳에서 포커를 했다.

규칙을 꼼꼼하게 배우면서 가지고 있던 메달을 신중하게 거는 나와 어차피 또 받을 수 있으니까 상관없다며 모든 메달을 다 건 리리.

그리고——.

"앗싸~! 이겼다~!"

애초에 건 메달 숫자가 적었기에 얻을 수 있는 메달도 그리 많지 않았다.

그럼에도 불구하고 리리는 메달을 1000개로 늘렸고, 반대로 내 메달은 전부 리리에게 뜯겨서 다시 메달을 받게 되었다.

"하하하, 소년 쪽이 갬블러의 소질은 더 뛰어날지도 모르겠군. 그건 그렇고, 아가씨는 도박의 밀고 당기기 실력이 약한 것 같아. 자, 좀 더 공부하도록 해."

"으윽, 필승법 같은 건 없나요?"

포커판 딜러 NPC에게 묻자 그가 아하하, 웃었다.

"사실 있긴 하지!"

"정말요?"

"그래, 각 게임에는 전술이 있으니까. 그대로 해나가면 확률적으로는 플러스가 될 거야."

그렇게 말하며 씨익 웃는 딜러 NPC를 보고 나와 리리가 소리 내어 감탄했다.

"그렇구나. 그럼 윤찌! 다른 게임 이야기도 들어보러 가자!"

"왠지 목적이 바뀐 것 같긴 한데, 뭐, 상관없겠지."

나는 쓴웃음을 지으며 리리와 함께 각 딜러에게 이야기를 들었다.

룰렛이나 카드 게임판, 주사위를 써서 하는 게임의 딜러에게 각각 이야기를 듣고, 게임에 대한 설명이나 이길 확률이 높은 방법 등을 배웠다.

"카지노는 심오하구나……, 확률론이란 대단한 것 같아."

"그렇지. 그런데 그것들을 조작해서 분위기를 띄우려 하는 딜러들도 대단하지."

예를 들어 룰렛은 굴린 구슬이 어떤 포켓에 들어갈지 베팅하는 게임이다.

단독 베팅부터 홀수, 짝수 베팅, 붉은색이나 검은색, 18 보다 큰지 작은지 등, 베팅하는 방법에 따라 배율이 바뀐다.

그냥 38분의 1 확률인 룰렛에서 안정적으로 코인을 얻을 수 있는 베팅 방법도 있다.

하지만 룰렛은 룰렛의 회전 속도나 구슬을 던지는 속도, 룰렛판의 특성에 따라 특정 숫자에 구슬이 들어가기 쉬운 경향도 있는 모양이다.

"룰렛으로 백발백중이라면 속임수 같지만 구슬을 던지는 건 딜러의 숙련된 기술이란 말이지."

"그것만으로는 속임수라고 할 수 없겠어."

나와 리리는 팔짱을 끼고 끙끙댔다.

"그래도 귀중한 의견을 들었지. 딜러들은 카지노의 성과에 따라 급료가 늘어난다니까."

딜러 몇 명에게 이야기를 들었는데, 딜러의 급료는 고정급 위에 그 게임판에서 얻은 카지노 메달의 일부가 더해진다는 증언이 있었다.

여러 번 반복해서 들은 내용이기에 어떤 힌트가 될 것 같다.

하지만 아직 사기꾼 딜러를 찾아내지는 못했다.

"보아하니 어떤 게임도 딱히 수상한 점은 없단 말이지. 앗, 슬라임 레이스가 시작되었어!"

카지노 게임 중에는 현실에도 있는 것이 아닌 판타지스러운 것도 있었다.

그것이 방금 리리가 말한 슬라임 레이스다.

색이 각각 다른 슬라임들을 달리게 해서 그 순위에 베팅하는 카지노 게임.

슬라임은 내가 합성 MOB으로 만들어낸 젤 종류와 비슷한 탱글탱글한 슬라임이었다. 열심히 달려가는 모습을 보는 손님들이 자신이 베팅한 슬라임을 응원하고, 스태프들이 분위기를 띄우기 위해 중계를 해주었다.

특히 제일 인기가 있는 건 속도와 스태미너가 뛰어난 3번 붉은 슬라임이었다.

"일반적인 카지노 게임 말고 이런 판타지스러운 게임도 있구나."

"그러게. 앗, 윤찌, 내가 베팅한 푸른색 5번이 1등했어."

어느새 슬라임 레이스에 베팅했던 리리는 카지노 메달의 숫자를 더욱 늘렸다.

"음~. 슬라임에게 지시를 내리면 레이스 결과를 조작할 수 있을 테니까 이것도 속임수를 쓸 수 있을 것 같은데."

"나는 아니라고 생각해. 내가 방금 이겼잖아."

"허허허, 슬라임 레이스에서 속임수를 쓰는 건 불가능합니다."

그렇게 이야기를 나누던 나와 리리 뒤쪽에서 인기척이 느껴졌다. 돌아보니 이 슬라임 레이스를 관리하는 나이든 스태프가 말을 걸었다.

"슬라임 레이스에는 이 카지노에 오시는 신사분들께서 키우신 슬라임도 출장합니다. 그러니 레이스에 출장한 슬라임들에게 지시를 내려서 결과를 조작하는 건 불가능하지요."

슬라임 레이스를 관리하는 나이든 스태프 NPC는 그렇게 말한 다음 슬라임 레이스의 뒷사정도 가르쳐 주었다. 보아하니 레이스에 참가한 슬라임의 주인에게 상금을 주는 모양이었다.

슬라임 레이스에서 3위 안에 들면 슬라임의 주인이 상금을 받게 된다.

카지노에서 내보낸 슬라임은 카지노의 슬라임 사육사가 한 마리씩 키운 슬라임이고, 이기면 딜러와 마찬가지로 기본급에 추가로 상금을 받게 되기 때문에 모두 진심으로 슬라임 레이스를 이기려 하는 모양이었다.

그런 설정이었구나. 감탄하긴 했지만, 그런 얘길 들으니 더더욱 사기꾼 딜러가 어디에 있는지 알 수가 없어졌다.

"각 카지노 게임에는 이기는 요령이나 딜러의 실력 같은 게 있지만, 노골적인 속임수는 안 쓰는 것 같단 말이지. 윤찌, 이제 단서가 없어."

"접근 방법을 약간 바꿔볼까? 직접 딜러의 속임수를 파헤치는 게 아니라 스태프들에게 수상한 사람이 있는지 물어보는 거야."

속임수를 쓰기 위해 수상한 행동을 하거나 속임수를 써서 계속 이기다 보니 돈을 마구 써대는 사람은 없는지, 그런 쪽으로 후보를 좁혀 나가면 되지 않을까 하는 생각이 든다.

"본격적으로 탐정 같아졌네! 실례합니다! 요즘 돈을 많이 쓰게 된 스태프는 없나요?"

"돈을 많이 쓰는 스태프 말입니까? 음, 저는 이 슬라임 레이스를 관리하고 있으니 다른 스태프에 대해서는 잘 모르겠군요."

그렇게 말하며 고개를 갸웃거리는 나이든 스태프를 보고 나와 리리가 어깨를 늘어뜨렸다.

하지만, 그래도 얻어낸 정보는 있었다.

"소문을 듣고 싶으신 거라면 대기할 때 쓰는 스태프 룸으로 가보십시오. 소문을 좋아하는 웨이트리스들이 쉬고 있을 테니까요."

"고마워요, 영감님. 윤찌, 얼른 물어보러 가자!"

뛰어가는 리리를 따라가며 나이든 스태프에게 고개를 숙여 인사하고는 스태프 룸에서 이야기를 들어보니──.

『수상한 사람? 음~. 누군지는 모르겠지만, 지금은 쓰지 않는 마물 사육 공간을 쓰는 사람이 있어. 그리고 아무도 없는 그 방에서 까만 그림자가 움직이던데, 몰래 마물이라도 키우는 걸까?』

『돈을 많이 쓰는 딜러는 대부분 VIP 룸에서 근무하는 딜러야. 그곳은 최소한 한 게임당 10만G를 베팅하는 곳이니까 딜러의 수수료도 많거든. 그래서 모든 딜러가 VIP 룸으로 승진하는 걸 목표로 삼고 있어. 요즘은 특히 VIP 룸에서 근무하는 딕이 돈을 많이 벌었다던데.』

『요즘, 청소를 할 때 깨진 주사위나 룰렛 구슬이 떨어져 있는 경우가 많아. 그리고 주사위나 룰렛 구슬은 안이 텅 비어 있고. 그래서 속임수에 쓴 도구가 아닐까 하는 소문이 있어.』

그렇게 소문을 좋아하는 여자 스태프들이 이야기해준 내용을 들어보니 왠지 실마리가 보이는 것 같았다.

"이 이야기로 추측해보면 VIP 룸의 딜러가 속임수를 쓰고 있다는 느낌이겠네."

"그리고 어떤 생물을 키우고 있다는 것하고 도구를 조작했다는 느낌?"

아직 수수께끼가 많긴 하지만 그래도 대충 전체적인 그림은 파악했다.

"일단 마기 씨랑 클로드가 있는 곳으로 돌아가서 정보를 정리할까?"

"그래. 가자, 윤찌."

나와 리리가 마기 씨와 클로드를 찾으며 돌아다니고 있자니——.

"저게 뭐지?"

"잠깐 보러 가볼까——, 아니, 클로드. 그리고 마기 씨?!"

우리가 본 것은 파트너인 사역 MOB 쿠츠시타를 무릎 위에 올려놓고 룰렛판에서 도박을 하는 클로드의 모습이었다.

클로드 옆에 산더미처럼 쌓인 칩과 그 모습을 어이없게 보고 있는 마기 씨, 마치 구경꾼처럼 모여든 손님 NPC들과 반쯤 울상이 된 딜러.

『냐아~.』

"흐음. 그럼 가볼까."

"이제 좀 봐줘!"

클로드의 무릎 위에 있는 쿠츠시타는 행운 고양이(럭 캣)라는 종류의 MOB이다.

플레이어의 LUK를 올려주고 상대방의 LUK를 낮추는 능력을 지니고 있다.

아마 그 능력을 써서 카지노 게임에서 계속 이기고 있었던 모양이다.

"사기꾼 딜러를 찾자고 클로드까지 속임수를 쓰면 어떻게 해. 정말⋯⋯"

내가 어이없어하며 두 사람에게 다가가자 클로드가 게임을 중단하고 우리를 돌아보았다.

"속임수가 아니다. 이건 게임의 사양에 맞춰서 사용한 공략법 중 하나다."

"그건 궤변 아니야?"

내가 의심하는 눈초리로 바라보자 클로드는 가슴을 펴고 당당하게 이 카지노에 대한 설명을 하기 시작했다.

"이곳은 카지노지만, OSO라는 게임의 일부이기도 하지. 그렇다면 센스나 장비, 쓸 수 있는 것들을 모두 동원해서 카지노 메달을 안정적으로 늘려나가는 것을 전제로 만들어져 있을 거다."

지금까지 키워온 센스가 전혀 통하지 않는 카지노 게임을 한없이 하는 것보다는, 자신의 센스를 이용해 도박의 승산

을 높이고 메달을 늘려서 카지노 경품을 교환할 수 있게끔
설계한 모양이었다.

"그런 거야?"

"그래, 나처럼 LUK 스테이터스를 올려서 승산을 높이는
것 말고도 [간파]나 [직감] 같은 센스가 있다면 둘 중 하나
를 고르는 계열 도박 승률이 올라간다."

"윤찌. [조교] 센스를 쓰면 슬라임 레이스가 시작되기 전
에 슬라임들의 상태 같은 걸 대충 알 수 있으니까 순위 같은
것도 알 수 있을 거야."

"어어?! 그랬구나!"

리리가 슬라임 레이스에서 1위를 맞춘 것에는 그런 이유
가 있었는데, 나는 전혀 눈치채지 못했다.

"그럼 마기 씨도 센스로……."

"아하하, 내가 가지고 있는 센스는 카지노하고 안 맞아서 전
혀 안 통하던데. 그래서 손님들에게 정보를 모으기만 했어."

쓴웃음을 지은 마기 씨를 보고 나는 약간 안심했다.

"내가 얻은 정보에 따르면 사기꾼 딜러 소문은 손님 NPC
들 사이에도 돌고 있었어. 그리고 크게 잃은 피해자는 모두
VIP 룸으로 들어가기 전에 재주 좋게 이겨나갔나봐. VIP
룸에 들어가는 조건은 클로드가 만족시켰고."

그래서 클로드가 카지노에서 재주 좋게 이겨나가는 조건
을 달성하려 했던 거구나.

"우리가 들은 이야기에도 사기꾼 딜러는 VIP 룸에 있을

가능성이 높다는 게 있었어요. 또 누군가가 쓰지 않는 사육실에 드나든다는 것 정도가 있네요. 그리고 안이 텅 빈 도구가 버려져 있었다든가."

양쪽 이야기를 합쳐보니 재주 좋게 이겨나가던 손님이 VIP 룸에 가서 생물을 사용한 속임수에 당해 크게 잃었다는 결론이 나왔다.

우리는 그 상황을 미리 마음속에 그리며 딜러의 속임수를 밝혀낼 방법을 생각해나갔다.

●

"손님, 잠깐 시간 괜찮으십니까? 저는 VIP 룸의 딜러인 딕이라고 합니다."

째진 눈에 겸손한 태도가 눈에 띄는 딜러 NPC 딕이 룰렛판에서 착실하게 카지노 메달을 늘려나가던 클로드에게 말을 걸었다.

"윤찌, 왔어."

"그래, 클로드가 예상한 대로야."

일정 이상의 카지노 메달을 얻으면 사기꾼 딜러가 먼저 접촉해올 거라 예상했고, 실제로 그렇게 되었다.

"손님께서는 가지고 계신 카지노 메달이 꽤 많으신 것 같군요. 여기서 계속 하셔도 그렇게 많이 따시진 못할 겁니다."

"그렇긴 하지. 좀 더 큰 게임을 해야 크게 따겠어."

"그래서 VIP 룸이 있는 겁니다. 각 게임의 베팅 하한선이 일반적인 게임의 1만 배입니다. 그렇기 때문에 참가하기 위한 최저 조건으로 카지노 메달 10만 개를 가지고 계실 필요가 있습니다."

거창한 몸짓을 보이며 VIP 룸으로 유도하려 하는 딜러의 안내를 받아 마기 씨와 클로드가 안쪽 VIP 룸으로 이동했다.

스태프 의상을 입고 있는 나와 리리는 먼저 VIP 룸으로 가서 사기꾼 딜러의 게임을 보조하는 스태프 위치에 자리 잡았다.

"자, 마음에 드시는 게임을 골라주십시오. 주사위, 트럼프, 룰렛. 메달을 최소한 1만 개부터 베팅하셔야 합니다."

마기 씨는 뒤에서 보고 있기만 하고, 주로 클로드가 게임을 하게 되었다.

그리고 나와 리리가 음료수를 나르거나 게임 준비 등을 도왔다.

"트럼프 게임부터 하지."

"그럼 트럼프를 확인하시죠."

딕이 그렇게 말하고 게임 테이블 위에 사용할 트럼프를 펼쳐놓았다.

나는 [하늘의 눈]과 [간파] 센스로 카드를 확인했지만, 센스가 반응하지 않았고 표면이나 뒷면에 조작한 흔적은 없었다.

다만 그 트럼프는 가운데에만 무늬가 있고 양쪽 끄트머리에 숫자와 마크가 없는 특제품이었다. 지금까지 카지노 게임에서 트럼프를 보았기에 알 수 있었다.

"음료수."

"……드시죠."

음료수를 가져다주는 스태프 행세를 하고 있던 나는 클로드에게 잔을 건넬 때 눈치챈 사실을 슬쩍 전했다.

(카드를 조작하진 않았어. 그런데 트럼프가 일반적인 것과는 좀 달라서 숫자가 없네.)

(알았다. 뭐, 판타지 생물을 속임수에 쓰는 거겠지.)

하지만 언제? 어떤 타이밍에? 어떤 식으로? 그걸 알 수가 없었기에 나는 음료수를 내려놓은 다음 원래 위치로 돌아와 게임을 계속 관찰했다.

"그럼 어떤 게임을 할까요?"

"그래. 바카라로 하지."

플레이어와 뱅커, 두 진영 중 하나를 골라 어느 쪽이 카드의 합계 숫자가 9에 가까울지를 예상해서 베팅해 나가는 게임이다.

"그럼 어느 쪽에 베팅하시겠습니까?"

"기본적인 전술 대로 뱅커 쪽에 걸도록 하지."

우리가 지켜보는 와중에 가지고 있던 카지노 메달을 VIP용 메달로 교환한 다음, 게임이 시작되었다.

그리고 클로드와 딜러가 진행한 바카라는 클로드가 순조롭게 이겨나가서 카지노 메달을 250만 개까지 늘렸다.

"메달 10만 개에서 이렇게 금방 250만 개까지……."

처음에는 순조롭게……, 아니, 미리 예상했던 대로 클로드가 계속 이겨나갔다.

(윤찌, 클로찌가 말한 대로 되었네.)

(그래, 정말로 그렇게 되었어. 리리, 그쪽 준비는 어때?)

(확실하게 확보했어. 슬슬 클로찌가 지기 시작할 거야.)

딜러가 속임수를 써서 결과를 조작할 수 있다면 플레이어를 이기게 할 수도 있을 것이다.

그리고 그 예상대로 클로드는 너무 순조로울 정도로 이겨나갔다.

가끔씩 딜러를 살펴보기 위해 대박인 동점에 베팅해서 맞추기도 했다.

"그럼 어느 쪽에 거시겠습니까?"

"뱅커 쪽에 50만."

잔뜩 쌓인 카지노 메달을 베팅하자 딜러가 카드를 제시해나갔다.

"어이쿠, 이번에는 플레이어 쪽 승리로군요. 그럼 이 메달은 몰수입니다."

농담하듯이 말한 딜러가 드디어 클로드에게 이기기 위해 움직이기 시작했다. 그걸 눈치챘다.

플레이어를 일부러 신나게 만들고 그 뒤로 이어지는 승부에서 크게 잃게 만든다.

그리고 베팅한 메달이 다 떨어지면 가지고 있는 돈을 메달로 교환하게 한 다음 속임수를 써서 돈을 뜯어내는 것이 속임수의 흐름일 것이다.

그렇기 때문에 그 속임수를 깨기 위해 클로드가 움직이기 시작했다.

"음료수를 부탁하지. 그리고 딜러, 한 게임 더 하자고."

"그럼 어느 쪽에 베팅하시겠습니까?"

클로드는 가식적인 미소를 지은 딜러 앞으로 200만 개 정도의 메달을 전부 뱅커 쪽에 베팅했다. 그와 동시에 내가 클로드에게 특별히 준비한 음료수를 내밀었다.

"[휘부 포도]를 써서 특별히 향기를 북돋운 음료를 준비했습니다."

"그럼 이 향기를 즐기도록 하지."

내가 내준 음료를 반쯤 마신 클로드는 게임을 다시 시작했다.

그리고 딜러가 카드를 제시했다. 플레이어 쪽 카드의 합계 숫자가 1 더 컸다.

"이거 또 져버리셨군요. 어떻게 하시겠습니까, 돈을 카지노 메달로 교환하셔서 게임을 계속하시겠습니까?"

"아니, 잠깐. 게임은 끝나지 않았다."

클로드는 카드를 치우려는 딜러의 팔을 붙잡고 막았다.

그러자 드러나 있던 플레이어 쪽 트럼프 마크 중 일부가 부풀어 오르기 시작했고, 어떤 형태로 변했다.

"슬라임? 정말 작네……, 그리고 귀여워."

트럼프 마크가 슬라임으로 변하자 게임의 승패가 역전되었다.

주위의 마크로 의태함으로써 트럼프의 숫자를 조작하던 매우 작은 두 슬라임은 클로드 쪽으로 이끌리듯 다가갔고, 내가 내준 음료수 잔——, 클로드가 일부러 흘린 액체에 모여든 다음 술에 취한 것처럼 몸을 흔들고 있었다.

"소매 안쪽에 매우 작은 슬라임을 숨겨두고, 일부 카드의 표면에 의태시켜서 마크를 늘리거나 마크 일부를 가리면 카드의 결과를 조작할 수 있겠지."

"아, 마크 중 일부를 가리면 숫자와 마크가 일치하지 않으니까 처음부터 숫자가 적혀 있지 않은 특제 카드를 쓴 거구나."

마기 씨가 납득했다는 듯이 그렇게 중얼거린 다음, 음료수 주위를 취한 듯이 돌아다니던 매우 작은 붉은색과 검은색, 흰색 슬라임을 손바닥 위에 살짝 올려놓았다.

"아니……! 아, 손님. 죄송합니다. 슬라임 레이스용으로 키우던 슬라임이 제 옷에 묻어 있었던 모양이군요."

클로드가 속임수를 지적하자 딜러는 놀라면서도 끝까지 뻔뻔하게 굴었다.

"도망친 슬라임 때문에 게임의 결과가 바뀌어버리게 되어 죄송합니다. 결과는 손님의 승리이니 베팅하신 카지노 메달을 두 배로 늘려드리겠습니다. 그런데 트럼프 게임에서 문제가 발생했으니 다음은 주사위 게임을 하시는 게 어떨까요?"

딜러는 속임수를 인정하지 않고 다음 게임으로 넘어가려 했지만, 클로드는 고개를 저었다.

"어설픈 연기는 이제 됐다. 리리, 윤, 부탁하지."

게임을 계속 진행하면서 그때마다 하나씩 속임수를 밝혀내는 게 정석이겠지만, 그렇게까지 시간을 오래 끌 생각은 없다.

"너희는 대체 뭐냐?!"

"사기꾼 딜러를 찾아달라는 의뢰를 받은 잠입자라고 해야하나? 그리고 이번에 준비되어 있던 주사위와 룰렛 구슬은여기 있어요!"

"그리고 내가 준비한 건 [휘부 포도]에서 추출한 [유인향]이야."

수평 테이블 위에 리리가 주사위와 룰렛 구슬을 올렸다. 그것들이 멈추자 나는 [휘부 포도]와 매료 계열 상태이상약 등을 섞어서 MOB을 끌어들이게끔 만든 [유인향]을 꺼낸 다음 병뚜껑을 열고 테이블 위에 올려놓았다.

그러자 테이블 위에 멈춰있던 주사위와 룰렛 구슬 일부가 유인향의 향기에 이끌린 듯이 굴러가기 시작했다.

"내부의 중심을 치우치게 만들거나 수은 등을 사용해서 특정한 주사위 눈을 나오기 쉽게 하는 건 예전부터 있었던 주사위 속임수 수법이지. 안을 확인해야겠다. 마기, 맡기지."

"그래, 보아하니 이 근처가 이음매 같거든."

"자, 잠깐!"

멋대로 움직이는 주사위와 룰렛 구슬을 주워든 마기 씨는 [조금] 센스를 사용할 때 쓰는 작은 공구로 그것을 갈랐다.

그러자 안에서 트럼프 마크로 의태했던 것과 마찬가지로 매우 작은 슬라임들이 나왔다.

모든 도구의 속임수가 들통나자 딜러가 축 늘어졌고, 어느새 카지노의 지배인이 뒤에 서 있었다.

"딕, 당신이 범인이었군요."

"지배인님! 저, 저는……."

"어째서 이런 짓을 한 거죠?"

타이르는 것처럼 부드러운 말투로 말하는 지배인을 보고 우리는 두 사람의 이야기에 끼어들 수가 없어서 그냥 지켜보기로 했다.

"……나는 슬라임을 다루는 일을 하고 싶었어! 처음에는 이 카지노에서 일하면 슬라임 레이스 사육사가 될 수 있을 줄 알았지! 하지만 이미 전속 사육사가 있었기 때문에 내가 끼어들 여지가 없었어!"

"그래서 카지노에 대한 복수로 이런 속임수를……."

"아니야! 가게 쪽으로 참가하지 못한다면 손님 쪽으로 슬라임 레이스에 참가할 생각이었어! 그러기 위해서는 참가 등록료를 낼 필요가 있었지. 내가 속임수를 써서 손님에게 벌어들인 돈은 슬라임 레이스 등록료로 카지노에 환원할 생

각이었다고!"

사기꾼 딜러는 그렇게 말하며 째진 눈을 뜨고 자신의 슬라임 사랑에 대해 열변을 토했지만, 지배인은 조용히 고개를 저을 뿐이었다.

"하지만 신사의 사교장인 카지노의 품위를 더럽힌 건 결코 용납할 수 없습니다. 당신은 오늘부로 딜러를 그만둬주셔야겠습니다."

"⋯⋯알겠습니다."

"그런데, 그 대신 이 슬라임들을 이용해서 엔터테인먼트 쇼를 해보실 생각은 없습니까?"

딜러를 그만두게 하는 대신 다른 제안을 한 지배인을 보고 사기꾼 딜러는 멍한 표정을 지었다.

"의태해서 사람의 지시에 따라 움직이는 사랑스러운 슬라임들. 속도만 경쟁하는 슬라임 레이스와는 다른 즐거움이 생길 것 같지 않습니까?"

지배인이 손을 내밀자 무릎을 꿇은 사기꾼 딜러가 그 손을 맞잡았다.

"속임수를 시원스럽게 밝혀낸 느낌에 뒷맛도 씁쓸하지 않은 전개라 괜찮지? 윤찌."

"그래. 그리고 딜러의 슬라임 사랑 이야기는 너무 뜻밖이었고."

설마 사기꾼 딜러에게 그런 배경이 있었을 줄이야, 여러 가지 의미로 놀라웠다.

그리고 마기 씨와 클로드는──.

"나는 이번에 별로 활약하지 못했어……."

"지배인이 마지막에 짭짤한 부분을 다 가져가 버렸군……."

어깨를 늘어뜨린 마기 씨와 불쾌하다는 듯이 중얼거리는 클로드를 나와 리리가 각각 달래주고, NPC 스태프들이 그곳을 정리했다. 그 와중에 지배인 NPC가 퀘스트의 끝을 알려주었다.

"여러분, 감사합니다. 카지노의 부정행위를 찾아내는 데 성공했습니다. 이건 그 보답입니다."

──퀘스트 [사기꾼 딜러를 찾아라]를 클리어하였습니다.
퀘스트 보수 : 카지노 메달 3만 개, 은 퀘스트 칩 각 3장

우리 곁으로 카지노 메달이 든 주머니가 털썩, 놓였다. 또한 기간 한정 퀘스트 이벤트 보수로 참가한 플레이어들에게 각각 은 퀘스트 칩 3개가 주어졌다.

"의뢰 도중에 손에 넣은 카지노 메달이나 사용하신 의상은 마음대로 하셔도 상관없습니다. 보수로 드린 메달은 경품으로 교환해주십시오. 물론 그 메달을 사용해서 게임을 즐기시더라도 상관없습니다."

그렇게 말하고 떠나가는 지배인 NPC를 배웅한 다음, 가지고 있던 카지노 메달을 보았다.

"이 메달은 어떻게 해야 하지?"

"뭐, 이걸 판돈으로 삼아서 더 늘리거나, 바로 카지노 경품 교환소에서 교환하면 되겠지."

카지노 메달의 교환 비율은 1개 = 10G이기 때문에 보수가 30만G인 셈인데, 그렇게 짭짤한 퀘스트는 아니다.

"카지노에서만 쓸 수 있는 메달을 받아도 말이지……."

"카지노 메달은 다른 카지노와 공통이니까 다른 카지노에서도 쓸 수 있고, 경품 라인업도 카지노마다 다르다."

클로드가 설명하는 와중에도 리리는 견딜 수 없다는 듯 안절부절못하고 있었다.

"저기, 나는 카지노에서 좀 더 놀고 싶은데. 마기찌도 같이 놀래?"

"그래. 퀘스트 중에 했던 게임은 지기만 했으니까, 나도 이길 거야! 사실 아까 경품을 보고 욕심나는 게 있었거든."

리리가 제안하자 의욕을 보인 마기 씨는 리리와 함께 카지노에 도전하러 갔다.

"나는 사기꾼 딜러 상대로 400만 개 정도 벌었으니까 이제 됐다만, 윤, 너는 어떻게 할 거냐?"

"나는 먼저 경품을 보고 나서 해볼까 하는데."

나는 클로드와 함께 카지노 메달 경품 교환소를 보러 갔다.

가장 눈에 띄는 경품은 최대 777만개로 교환할 수 있는 유니크 무기였다.

카지노 메달의 구입 개수에 한계치는 없기 때문에 7770만G만 있으면 살 수 있지만, 그래도 부담되는 가격이다.

"음, 생산 소재 같은 것도 있구나."

생산 소재 같은 것들은 1만 ~ 3만 개. 보석 계열 아이템은 10만 ~ 15만 개 정도로 교환할 수 있다.

나도 소재 교환을 위해 카지노에서 좀 더 놀아볼까 하는 생각이 들었다.

그리고 어슬렁어슬렁 돌아다니며 괜찮아 보이는 게임을 찾다 보니 마기 씨와 리리가 어떤 게임을 하고 있는 모습을 발견했다.

"마기 씨랑 리리가 하고 있는 거, 슬롯머신이야?"

"그래, 딜러 상대로 하는 게임은 이길 수 없지만, 슬롯머신이라면 나도 이길 수 있을 것 같아서!"

"그리고 [조교] 센스로 슬라임 레이스의 승패를 예상할 수 있긴 해도, 한 게임당 걸리는 시간이 기니까."

마기 씨가 진지하게 회전하는 슬롯머신의 릴을 바라보다가 버튼을 눌러서 멈췄다.

슬라임 레이스는 한 게임이 순위 베팅부터 레이스, 인터벌까지 합치면 10분 정도 시간이 걸리긴 한다.

하지만 슬롯머신은 한 게임에 수십 초 정도가 걸리는 걸 반복할 뿐이다.

"슬롯머신이라……."

퀘스트 중에는 사기꾼 딜러를 찾느라 쳐다보지도 않았지만, 딜러가 없이 할 수 있는 게임 중 하나이긴 하다.

한 게임당 메달 100개 분량의 코인을 넣고 릴을 회전시킨 뒤, 버튼을 누르고 그림을 맞추면 나온 그림의 종류에 따라 메달의 배율이 바뀐다.

대박은 잭팟——, [777] 그림을 맞춘 플레이어다.

처음에는 777만 메달부터 시작해서 모든 슬롯머신에서 소비된 메달이 적립되어 최대 7777만 개의 메달을 독차지할 수 있다.

현재 슬롯머신의 잭팟에는 2245만 개의 메달이 쌓여 있다.

그런데 이 카지노의 슬롯머신 개수와 적립된 메달의 숫자를 보니 다른 세 카지노의 모든 슬롯머신이 공유되는 것 같기도 했다.

"떠라, 떠라~."

마기 씨가 순조롭게 가지고 있던 메달을 넣어가는 와중에 나는 마기 씨가 돌리는 슬롯머신의 릴을 바라보았다.

"왠지 할 수 있을 것 같기도 한데……."

그리고 바라본 슬롯머신의 회전이 [하늘의 눈]의 능력에 따라 서서히 느려지는 게 느껴졌다.

(그림의 순서, 회전 속도, 누르는 타이밍…….)

버튼을 누를 때마다 릴의 회전 속도가 올라가서 눈짐작으로는 불가능해졌다.

하지만 [하늘의 눈]으로 릴의 그림과 누르는 타이밍을 파악했다.

그리고 마기 씨는 이기고 지는 걸 반복하다가 퀘스트 보수로 받은 메달 3만 개를 서서히 잃기 시작했고, 기어코 전부 탕진해버렸다.

"이제 메달이 없어! 분하니까 교환해올래."

"이제 그만둬라. 마기, 네게는 절망적으로 도박의 재능이 없다."

클로드가 말리자 신기하게도 불쾌해하는 마기 씨에게 내가 말을 걸었다.

"마기 씨, 나도 그 자리에서 슬롯머신을 해봐도 될까?"

"윤 군이? 이 자리는 전혀 안 터지는데."

마기 씨는 의아해하며 슬롯머신 자리를 양보해 주었다.

그리고 메달 100개 분량의 코인을 넣자 돌아가기 시작하는 슬롯머신.

첫 번째 그림은 그냥 눈짐작으로 '7' 그림을 맞췄다.

그 뒤를 이어 가속한 릴을 [하늘의 눈]으로 바라보며 움직임이 느려진 와중에 버튼을 눌러 두 번째 '7'을 맞췄다.

"오오?"

마기 씨가 소리 내어 감탄했고, 클로드의 시선이 어깨너머로 슬롯머신의 결과를 향하는 와중에 나는 한 번 눈을 감고 크게 심호흡했다.

그리고 눈을 뜬 다음 [하늘의 눈]으로 집중한 뒤 한계까지 느리게 느껴지는 세계에서 마지막 버튼을 눌렀다.

——짜자자자자자잔, 그런 거센 효과음과 함께 슬롯머신에서 대량의 메달이 쏟아져 나왔고, 받침대 밖으로 흘러넘치자 빛의 입자가 되어 사라졌다.

"으엑?! 어? 잠깐! 윤 군! 대단해! 대박이잖아!"

메달이 흘러넘쳐서 사라질 때마다 메뉴의 메달 숫자가 세차게 올라가기 시작했다.

옆에서 슬롯머신을 돌리고 있던 리리와 뒤에서 보고 있던 클로드는 깜짝 놀란 표정으로 나를 바라보며 물었다.

"윤, 너, 무슨 센스를 쓴 거냐?"

"아, [하늘의 눈]을 써서 눈짐작으로 누른 거야."

"말도 안 돼! 대단하네! 그럼 슬롯머신은 백발백중이잖아!"

좀 전까지 계속 지기만 했던 마기 씨는 마치 자기 일처럼 기뻐해 주었다.

"이것도 마기 씨 덕분이에요."

"내 덕분이라고?"

"마기 씨가 슬롯을 돌리고 있을 때 뒤에서 릴의 회전 속도랑 버튼을 누르는 타이밍, 그림의 차례 같은 걸 확인할 수 있었으니까요."

내가 그렇게 대답하자 마기 씨는 왠지 쑥스러운 듯이 볼을 긁었다.

"그렇지 않아. 나는 그냥 잃기만 했는데."

"하지만 마기는 희생양으로서 멋지게 활약해 주었다. 퀘스트를 할 때도 마기가 생각 없이 룰렛에 도전했기 때문에 내가 딜러의 버릇을 보고 이길 수 있었지."

"아니, 클로드! 나를 그런 식으로 써먹은 거야?!"

마기 씨는 뒤늦게 사실을 알고 클로드의 멱살을 잡은 채

마구 흔들었고, 나와 리리는 클로드에게 눈을 흘겼다.

그리고 클로드를 놓아주고 약간 토라진 마기 씨를 나와 리리가 달래주는 와중에 클로드가 슬롯머신에서 계속 쏟아져 나오고 있는 메달을 보았다.

"아깝군. 카지노 메달을 G로도 교환할 수 있다면 2억G 정도 될 텐데."

"만약에 그럴 수 있다면 센스로 승률을 올릴 수 있는 카지노 때문에 OSO의 게임 내 경제에 인플레이션이 일어날 거라고."

내가 클로드의 말에 눈을 흘기며 대답하자 그는 알고 있다면서 어깨를 으쓱였다.

"저기, 윤찌. 이 메달은 어떻게 할 거야? 전부 경품으로 교환할 거야?"

"음~. 그게 말이지……."

리리는 내가 카지노 메달을 어떻게 쓸 건지 기대하는 눈초리로 바라보았다.

솔직히 카지노 경품의 교환 라인업 중에 욕심나는 건 보석 계열 소재와 광석, 식물 묘목, 식재료 계열 아이템 정도다.

하지만 그걸 골라도 메달이 남으니까――.

"마기 씨 덕분에 잭팟을 터뜨렸고, 클로드가 카지노에 오자고 하지 않으면 애초에 여기에 오지도 않았을 테니까 모두 함께 원하는 걸로 교환하자."

나 혼자서는 전부 다 쓰지 못할 정도로 많은 메달도 넷이라면 다 쓸 수 있을 것이다.

"윤 군, 그래도 돼?! 사실 레시피 책인 [건즈웍스 매뉴얼]이 신경 쓰였거든! 그리고 광석이나 보석 같은 것들도 부탁해!"

"흐음, 그럼 나는 사양하지 않고 모피와 옷감 소재를 부탁할까."

"윤찌, 그래도 돼? 그럼 나는 목재 계열 소재랑 목재 묘목으로 할래!"

이곳 북쪽 마을을 중심으로 얻을 수 있는 소재 등을 교환해 나갔다.

카지노 메달로 마음에 드는 걸 교환해도 된다고 했지만, 아무도 제일 눈길을 끄는 상품인 유니크 무기를 고르지 않고 자신의 특기 분야인 생산 쪽 소재를 고르는 걸 보니 역시 생산직이라는 생각이 들어서 쓴웃음을 지었다.

슬롯머신을 돌려 관찰할 수 있게 해준 마기 씨에 대한 답례이기도 하지만, 사실은 저렴하게 장비를 강화해준 클로드와 리리에 대한 보답이라는 의미도 있다.

하지만 그런 말을 하는 건 촌스러우니 내 마음속에 담아두기로 했다.

"윤 군, 고마워! 이 레시피 책을 보고 총에 도전해볼게! 그때는 윤 군이 총알을 연구하는 걸 도와줬으면 하는데."

마기 씨는 소재 계열 아이템 말고도 [총] 계열 무기와 총알 레시피가 정리되어 있는 [건즈웍스 매뉴얼]이라는 레시피 책을 카지노 메달 300만 개와 교환했다.

레시피 책을 끌어안고 기뻐하는 마기 씨가 총과 총알 연구를 하자고 제안했기에 나도 마찬가지로 레시피 책을 교환했다.

"알겠어요. 저도 총알 개량을 해보고 싶었거든요. 뭐, 조금 복잡한 마음이긴 하지만……."

총알을 만들 때는 [합성] 센스를 쓰니 나도 총알을 개량해보고 싶다는 호기심으로 마기 씨의 제안을 받아들였다.

그렇게 북쪽 마을의 카지노 퀘스트를 무사히 마칠 수 있었다.

5장   총과 총알

북쪽 마을의 카지노 퀘스트를 마친 우리는 카지노에서 교환한 경품 아이템 소재와 가루다 드래곤의 소재를 사용해서 각자 생산 활동에 몰두하고 있었다.

"마기 씨가 총을 만든다고 했으니 총알은 내가 열심히 만들어볼까."

나도 [아트리옐]에서 마기 씨와 함께 교환한 [건즈웍스 매뉴얼]이라는 레시피 책을 들고 총알을 만들고 있었다.

[아트리옐] 공방에는 [합성] 센스를 쓸 때 사용하는 합성진과 각종 총알 소재로 사용할 아이템을 준비해 두었다.

"음, 총알은 탄두하고 화약, 약협, 세 가지 아이템을 합성해서 만드는 거구나."

탄두는 금속 계열 소재, 화약은 연소 계열 소재, 약협은 NPC의 가게에서도 파는 중간 소재다.

나는 레시피 책을 읽으며 총알 제작 순서를 하나씩 확인해 나갔다.

"우선 중간 소재인 약협부터. 필요한 소재는 [번개돌 파편]과 철 주괴인가 보네."

신규 추가 아이템인 [번개돌 파편]과 철 주괴를 합성함으로써 [빈 약협(소)]를 20개 만들 수 있었다.

"[빈 약협]에 화약으로 쓸 [흑폭석] 분말과 탄두로 쓸 금속 주괴를——, 《합성》!"

만든 약협 20개와 흑폭석 분말 5개, 구리 주괴 하나를 레시피대로 합성하자 총알을 만들 수 있었다.

구리 총알 소 [소모품]
ATK+6

"가게에서 파는 총알보다 공격력이 높은 건 사용한 금속 차이 때문이겠지."

가게에서 파는 총알은 납 총알이기 때문에 탄두의 금속이 바뀌어서 총알의 공격력이 올라갔을 것이다.

이번에는 탄두와 화약 소재를 더 상위인 소재로 바꾸면서 몇 가지 패턴을 검증해 보았다.

"탄두는 흑철하고 철, 구리 주괴로 만드는 패턴. 화약은 흑폭석하고 화약 점토, 마법약인 [용열분(마그마 파우더)]으로 만드는 패턴을 시험해 볼까?"

바로 [합성] 센스로 여러 가지 총알을 만들었다.

그 결과, 총알 제작의 법칙을 몇 가지 알 수 있었다.

"탄두의 금속을 바꾸면 총알의 위력이 강해지는데, 화약을 바꿔도 위력이 강해진다."

흑철과 철제 탄두는 구리 주괴로 만들었을 때보다 총알의 공격력이 높았고, 그것을 날리는 역할을 하는 화약은 화약 점토를 쓰니 공격력이 더욱 높아졌다.

흑철 총알 소 [소모품]

ATK+9

이게 내가 지금까지 만든 것 중에 위력이 가장 강한 총알이지만 위력이 한없이 강해지는 건 아니다.

"[용열분]으로 합성한 총알은 모든 패턴에서 실패했는데, 뭐가 문제인 거지?"

소지 SP 46

[마궁 Lv38] [하늘의 눈 Lv41] [간파 Lv48] [강력 Lv14]

[준족 Lv40] [마도 Lv45] [대지속성 재능 Lv30]

[부가술사 Lv20] [조약사 Lv33] [연성 Lv14] [조교사 Lv4]

[요리인 Lv24]

대기

[활 Lv55] [장궁 Lv45] [장식사 Lv13] [수영 Lv25] [언어학 Lv28] [등산 Lv21] [생산직의 소양 Lv37] [신체내성 Lv5] [정신내성 Lv15] [염동 Lv20] [급소의 소양 Lv16] [선제의 소양 Lv18] [잠복 Lv10] [낚시 Lv10] [재배 Lv2] [열기 내성 Lv1] [한기 내성 Lv1]

센스 스테이터스를 확인해봐도 [연금]과 [합성]의 복합 센스인 [연성] 센스의 레벨이나 스테이터스가 부족한 것 같지는 않았다.

"보통 이런 경우는 레시피 자체에 문제가 있는 거란 말이지……."

애초에 총알을 제작할 때 무슨 원인으로 실패하는 건지 생각하며 레시피 책을 뒤져보니 거기에 답이 적혀 있었다.

"아, 여기 있네. ——'총알을 제조할 때는 약협에 넣을 화약의 위력과 양을 주의할 것. 화약이 너무 강하면 폭발한다. 그럼에도 불구하고 강한 총알을 원한다면 약협을 강화할 것'……, 그렇구나."

내가 시험한 것은 가게에서 파는 약협과 똑같은 약협을 쓴 합성이었다.

아마 [번개돌 파편]과 철 주괴로 만드는 약협은 화약의 위력을 견뎌내지 못했기에 합성이 실패했을 것이다.

"그렇다면 더 강도가 높은 금속인데, 흑철이나 속성 금속, 아다만타이트를 써야 하나……."

총알 제조 비용 계산 같은 건 나중으로 미루고 이것저것 만들어보기로 했다.

"우선 [번개돌 파편]하고 흑철 주괴를——, 《합성》."

레시피 책의 조언에 따라 합성한 결과, 흑철 약협을 만들어낼 수 있었다.

그리고 그 흑철 약협을 《용열분》, 흑철 주괴와 합성함으로써 지금까지 실패했던 마법약 총알 합성에 성공했다.

흑철 총알 소 [소모품]
ATK+10, 추가 효과 : 화속성 보너스(극소)

"앗, 화속성 추가 효과가 붙었네."

화속성 마법약을 화약으로 이용한 결과, 발사하는 총알에 속성 대미지가 부여된 모양이었다.

"보아하니 좀 재미있는 걸 할 수 있을 것 같은데?"

계속해서 탄두, 화약, 약협, 세 파츠를 다양한 소재로 합성하며 패턴을 조사해본 결과, 다음과 같은 사실을 알게 되었다.

· 탄두에 속성 금속을 사용함으로써 속성 보너스를 얻을 수 있다.
· 화약에 속성 마법약을 사용함으로써 속성 보너스를 얻을 수 있다.
· 탄두와 화약의 속성 보너스는 같은 속성끼리 중첩된다.
· 화약의 위력이 너무 강해서 약협이 견디지 못한다고 판정되었을 때, 합성이 자동으로 실패한다.
· 약협은 속성 금속을 이용해도 총알의 공격 성능에 영향을 주지 않는다.

이상의 조건을 토대로 총알 몇 종류를 만들어낼 수 있었다.

아다만타이트 총알 소 [소모품]

ATK+15

미스릴 총알 소 [소모품]

ATK+8, 추가 효과 : 언데드 특효(소)

레드라이트 총알 소 [소모품]

ATK+12, 추가 효과 : 화속성 보너스(소)

이런 느낌으로 세 종류의 총알이 완성됐다.

아다만타이트 총알은 아다만타이트 주괴와 무속성 마법약을 화약으로 사용해서 만든 물리 특화탄이다.

미스릴 총알은 미스릴 주괴와 광속성 마법약을 화약으로 사용해서 만든 대 언데드 계열 MOB 특효탄.

세 번째로 레드라이트 총알은 속성 금속을 탄두에 쓰고 같은 속성의 마법약을 화약으로 사용해서 만든 속성 특화탄이다.

"기본적으로는 이 세 종류가 실용적이려나……, 그건 그렇고 활에 쓰는 화살보다 소비 아이템의 공격력이 높네……."

나는 활 계열 센스와의 차이를 느끼고 입술을 삐죽대며 끙끙댔다.

그리고 마지막으로 나는 완성된 [아다만타이트 총알]을

하나 들어보았다.

"《기능 부가》──, [봄]……, 안 되나."

같은 아이템 소비형 센스인 [활] 센스에서 사용하는 금속 제 화살에는 [부가] 센스로 마법을 인챈트할 수 있었다.

그렇기 때문에 같은 소비형 아이템인 총알에도 인챈트할 수 있을지 시험해보았는데, 크기가 작은 총알에는 인챈트를 할 수가 없는 모양이다.

"인챈트는 크기가 좀 더 큰 매그넘탄이나 산탄, 라이플탄, 이렇게 세 종류에 해야 하나."

레시피 책에 적혀 있는 총알의 종류를 보며 중얼거렸다.

[번개돌 파편] 하나와 주괴 하나로 작은 크기 약협을 20개 만들 수 있다.

매그넘탄과 산탄, 라이플탄 같은 약협은 중간 크기로 분류되며 같은 소재로 약협을 5개 만들 수 있다.

그보다 더 큰 건 같은 소재를 써도 약협을 하나밖에 만들지 못하기 때문에 총알의 크기가 커질수록 한 발당 비용이 많이 들어가게 된다.

"뭐, 소재는 공통이니까 총알은 대충 다 만들 수 있으려나? 음~, 좋아, 쉬어야지."

나는 총알의 합성 결과를 노트에 정리한 다음 기지개를 켰다.

쉬기 위해 [아트리엘] 점포로 이동한 내가 뤼이와 자쿠로의 재촉을 받아 빗질을 해주고 있자니 리리가 왔다.

"윤찌, 안녕. 이제야 윤찌의 활 강화가 끝나서 가지고 왔어!"

"리리, 고마워!"

가루다 드래곤과 카지노의 경품 소재를 얻었기에 원래 예정보다 한 단계 업그레이드해 준 모양이었다.

나는 리리가 꺼낸 [검은 소녀의 장궁]을 받아들고 스테이터스를 확인했다.

검은 소녀의 장궁 [장비]

ATK+120

추가 효과 : ATK 보너스, ATK 부가, 사격 강화(중),

자돌 강화(중), 회심(소)

[볼프 사령관의 장궁]이 다단 계열 아츠의 강화에 중점을 두고 만들어진 것과는 달리 [검은 소녀의 장궁]은 그야말로 일격 특화 쪽으로 강화되었다.

그리고 명공 NPC가 만든 무기에 가끔 부여되는 [회심(소)]가 붙어 있었다.

이건 크리티컬 확률이 상승하는 효과와 약점 부위를 공격했을 때 대미지 증가 효과가 있는 복합적인 추가 효과다.

"리리, 정말 고마워."

"정말, 윤찌. 인사는 한 번만 해도 돼! 그건 그렇고 마기찌네 가게에 가지 않을래? 마기찌가 어떤 총을 만들지 기대되거든!"

"그래. 나도 마침 총알 생산 방법을 확인한 참이니까 마기 씨네 가게에 갈까?"

나는 뤼이와 자쿠로를 데리고 리리와 함께 마기 씨의 가게, [오픈 세서미]로 향했다.

"안녕, 루프. 마기 씨 지금 있어?"

[오픈 세서미] 안쪽에서 금속을 가공하는 소리가 들렸기에 가게를 보고 있던 기계장치 마도인형 루프에게 말을 걸었다.

『어서 오십시오, 윤 님, 리리 님. 마스터는 안쪽 공방에서 현재 작업 중입니다. 잠시만 기다려 주십시오.』

"우리가 마기 씨를 살펴보러 왔다고 전해줄래?"

『알겠습니다. 마스터에게 윤 님과 리리 님께서 기다리고 계신다고 전하겠습니다.』

루프가 그렇게 말한 다음 나와 리리를 가게에서 기다리게 하고 안쪽 공방으로 마기 씨를 부르러 갔다.

나는 벽과 쇼케이스에 장식된 무기와 액세서리를 바라보았고, 리리는 점포의 시원한 돌바닥 위에 드러누워 있던 마기 씨의 파트너 리쿠르를 쓰다듬고 있었다.

"이 근처가 기분 좋아? 그럼 좀 더 쓰다듬어줄게."

『끄응~.』

가려운 곳을 슥슥 긁어주자 기분 좋은 기색을 보이는 리쿠르.

그리고 그 모습을 보고 자신들도 해달라는 듯 기대로 가득 찬 눈초리로 바라보는 뤼이와 자쿠로에게 쓴웃음을 지으며 등과 목덜미를 쓰다듬어 주었다.

잠시 기다리자 공방 안쪽에서 이쪽으로 다가오는 발소리가 들렸기에 나와 리리는 고개를 들었다.

"윤 군, 리리, 어서 와! 드디어 완성되었어! 총이!"

"잠깐, 마기 씨! 옷! 옷!"

좀 전까지 화로 앞에서 작업하고 있었는지 작업할 때 입는 얇은 셔츠가 땀으로 약간 비쳐 보였다.

급하게 리리의 눈을 가리며 나도 고개를 돌렸다.

『마스터. 그런 차림새로는 윤 님과 리리 님께 실례입니다.』

"아하하하, 미안해. 잠깐 몸단장 좀 하고 올게."

무방비한 마기 씨의 모습에 깜짝 놀라서 가슴이 두근거리던 나는 심호흡을 반복하며 마음을 가라앉혔고, 리리의 시야를 가로막던 손을 떼어냈다.

"저기, 윤찌. 무슨 일이야? 왜 눈을 가린 거야?"

리리는 리쿠르 쪽을 보고 있었기에 리리가 마기 씨를 보기 전에 빠르게 눈을 가릴 수 있었던 모양이었다.

"미안해, 둘 다 기다리게 했지? 그리고 이제야 만족스러운 총을 만들 수 있었거든!"

잠시 후 몸단장을 제대로 한 마기 씨가 돌아와서 카운터 위에 완성된 총을 올려놓았다.

"[언어학] 센스를 가지고 있는 클로드에게 번역해달라고 한 카지노의 레시피 책을 참고해서 만든 총이야. 일단 총신

두 종류하고 발사기구뿐이지만."

총신 두 종류는 검은색 짧은 총신과 검푸른색 스코프가 달려 있고 길쭉한 총신이었다.

검은색 총신이 샷건 용, 검푸른색에 길쭉한 총신이 라이플용 총신인 모양이었다.

그리고 그 총신과 발사기구, 손잡이와 충격을 받아내 주는 총대 같은 목공 부품을 조합하면 총이 완성되는 것 같았다.

"완성되면 리리에게 손잡이나 총대 같은 목공 부품을 부탁하려던 참이었는데 마침 잘됐네."

"그랬구나. 마기찌, 설계도 있어?"

"설계도는 제대로 준비해 두었지!"

그렇게 말한 마기 씨는 이 총에 맞춘 목공 부품 설계도를 꺼냈고, 리리가 그것을 확인했다.

"그렇구나. 한대 에리어의 나무가 좋을 것 같네. 그리고 몸에 닿는 면에는 외딴 섬 에리어에서 발견한 대 충격 수액판을 붙일까? 반동 대미지를 경감시킬 수 있을 거야."

그렇게 내 눈앞에서 마기 씨와 리리가 총의 개요를 정해 나갔다.

"목공 부품은 금방 만들 수 있으니까 완성된 뒤에는 내 [개인 필드]에서 시험 사격을 해보면 될 거야."

"그렇다면 리리가 부품을 만드는 동안 제가 총알을 만들게요."

"리리, 윤 군, 고마워. 어느 정도 거리에서 대미지가 바뀌는지라든가 총알의 사용감 같은 걸 시험해 보고 싶었거든."

마기 씨의 말에 따르면 NPC가 파는 총은 너무 약하기 때문에 써먹을 수 있을지 알아보기가 힘들었다고 한다.

"그럼 갈까!"

리리의 안내를 받고 [리리의 목공점]으로 온 우리는 가게 안쪽 문을 통해 개인 필드인 평원으로 이동했다.

●

리리가 가지고 있는 [개인 필드]는 평원 타입 필드이고, 그곳에서는 목공 소재를 확보하기 위한 삼림과 배 같은 걸 조립하는 조선소 건물이 보였다.

"얼마 전까지 시치후쿠 군네 배나 [생산 길드]의 운반선 같은 걸 만들었지."

"배를 만들 예정은 없으니까 지금은 공성 병기 같은 걸 취미로 만들고 있어."

현재 조선소 내부는 다종다양한 목재를 보관하는 데 쓰이는 한편, 리리가 취미로 만들고 있는 투석기나 발리스타 같은 공성 병기가 놓여 있었다.

"그럼 나는 총의 개머리판이나 총대에 쓸 목재를 가지고 올 테니까 기다려."

리리는 삼림 쪽으로 가서 이 평원에 심어둔 나무 중에 총의 개머리판이나 총대에 적합한 목재를 베기 시작했다.

그리고 삼림 관리나 공성 병기 운반에 시험 사격 조작까지 할 수 있는 고성능 합성 MOB, 골렘들이 리리가 벤 나무를 들쳐메고 조선소로 돌아왔다.

"와, 대단하네……."

"에헤헤, 에밀리찌에게 만들어달라고 했거든!"

운반선을 이 조선소에서 만들고, 그 엔진으로 [소재상] 에밀리 양의 합성 MOB을 이용했다.

그때 생긴 인연으로 삼림의 관리나 공성 병기까지 조작할 수 있을 정도로 성능이 뛰어난 합성 MOB을 만들어달라고 한 모양이었다.

그런 리리나 골렘들을 보고 나도 질 수 없다는 생각에 바로 총알 제작에 들어갔다.

"그럼 나도 총알을 만들어볼까. 마기 씨의 총에 쓸 건 산탄하고 라이플탄이면 되죠?"

"그래, 맞아. 가능하면 표준적인 총알을 100발씩 부탁할 수 있을까?"

"그럼 탄두는 철에 화약은 흑폭석을 써서 만들게요."

나는 인벤토리에서 [합성] 센스를 쓸 때 사용하는 합성진과 생산 소재를 꺼낸 다음 조선 소 앞에 있는 테이블에서 합성을 해나가기 시작했다.

그리고 리리도 좀 전에 벤 나무를 가공한 목재를 끌어안고 돌아왔다.

"이게 카지노 경품으로 교환한 북쪽의 목재야. 마기찌, 총을 잠깐 빌려줄래?"

"자, 이거야."

리리는 마기 씨에게서 총의 발사기구를 받아든 다음 설계도에 맞춰서 목공 부품을 만들기 시작했다.

한편, 오랜만에 넓은 평원 필드에 온 뤼이와 리쿠르는 평원을 뛰어다니고 있었다. 조선소 지붕에 앉아있던 리리의 네시아스도 그 두 마리를 쫓듯 날아갔다.

직선적인 속도는 뤼이가 가장 빨랐고, 힘차게 달리는 모습은 마기 씨의 리쿠르, 하늘을 우아하게 나는 모습은 리리의 네시아스가 눈길을 끌었다.

1년 전 캠프 이벤트 때 동료로 삼은 사역 MOB들의 성장한 모습을 나와 마기 씨가 훈훈하게 바라보았고, 리리도 작업을 잠깐 멈추고 지켜봤다.

『규우~.』

그리고 성수화하여 꼬리가 두 개에서 세 개로 늘어난 자쿠로는 몸의 크기가 별로 변하지 않아서 전력질주하는 뤼이와 리쿠르를 따라잡지 못하고 터벅터벅 내 곁으로 돌아왔다.

"아하하, 자쿠로는 별로 변한 게 없으니까 어쩔 수 없어."

나는 쓴웃음을 지으며 그런 자쿠로를 안아서 무릎 위에 올려놓고는 쓰다듬었다.

기분 좋다는 듯이 무릎 위에서 몸을 웅크린 자쿠로를 보고 마기 씨와 리리도 훈훈해하며 목공 부품을 마무리해나갔다.

그리고 잠시 후 마기 씨가 리리에게 부탁한 목공 부품이 완성되었다.

"마기찌, 총에 쓸 목공 부품 다 됐어."

"리리, 고마워! 그럼 바로 조립해버릴까!"

마기 씨는 곧바로 리리에게서 목공 부품인 개머리판과 총대를 받아들고 총을 조립하기 시작한 다음, 완성시켰다.

"좋아, 다 됐다. 이게 내 첫 총이야! 윤 군, 리리, 어때?"

피시즈(샷건) [무기]

ATK+75

추가 효과 : ATK 보너스, 사격 강화(중), 명중 강화(소)

마기 씨는 피시즈라는 이름이 붙은 총에 어깨에 메기 위한 가죽 슬링 벨트를 달아서 멘 모습을 보여주었다.

"마기 씨, 멋져요."

"정말 잘 어울려, 마기찌!"

나와 리리가 마기 씨를 칭찬하자 그녀는 약간 쑥스러운 듯이 웃었다.

"그럼 저쪽에 시험 사격장이 있으니까 시험해보도록 해!"

리리가 안내해준 곳은 투석기나 발리스타 같은 공성 병기를 쓰기 위해 마련해둔 광장이었다.

평원 지면에는 25미터 간격으로 하얀 가로 선이 그어져 있었고, 그 너머에는 플레이어가 입힌 대미지를 계측해주는 새까만 모노리스——, 해적왕의 비보, [모노리스 칼큘레이터]가 서 있었다.

"자, 마기찌, 저걸 노리면 돼."

"그럼 다녀올게. 윤 군, 기록 좀 부탁할 수 있을까?"

"알겠어요."

마기 씨는 먼저 샷건부터 검증하려는지 레버를 당기고 내가 만든 총알을 채우기 시작했다.

최대 장탄수는 세 발인 것 같고, 사용하는 총알은 산탄인 모양이었다.

발사와 동시에 약협에 담겨 있던 자그마한 구슬이 튀어나가 넓은 범위를 덮치는 면 공격적인 성질이 있다.

처음에는 25미터 거리에서 산탄을 발사했고, 모노리스에 뜬 대미지를 내가 노트에 기록했다.

마기 씨는 두 손으로 겨누고 10발을 쏜 다음 한 손으로 바꿔 쏴보더니, 이번에는 거리를 벌려서 다시 두 손으로 쏘는 식으로 샷건이라는 무기의 사용감을 시험해나갔다.

"현실의 총은 귀마개가 필요하다고 하는데, 의외로 그렇게까지 시끄럽진 않네."

"맞아. 그리고 현실에서는 한 손으로 쏘지도 못하겠지만, 여기서 그게 가능한 건 게임이기 때문이겠지."

나와 리리는 그렇게 말하며 배에 울리는 샷건의 총성을 듣고 있었다.

평원을 뛰어다니던 뤼이와 리쿠르, 네시아스도 시험 사격

장의 총성에 놀란 모양이었지만, 마법이나 적 MOB의 포효에 익숙해서 그런지 당황하지 않고 멈춰 서서 소리를 발생시키는 마기 씨를 바라보고 있었다.

유일하게 자쿠로만 총성에 놀라서 내 몸에 [빙의]하여 도망쳤다.

그 결과 자쿠로에게 빙의당한 내 머리에 돋아난 여우 귀가 납작 눌렸고, 꼬리 세 개가 몸에 감겼다.

그동안에도 마기 씨는 총의 시험 사격을 계속 진행했다. 그러다 모노리스에서 100미터 떨어진 곳에서 날린 총알의 대미지가 눈에 띄게 줄어들자 검증을 마치고 돌아왔다.

"윤 군, 샷건 사격 대미지는 어떤 느낌이야?"

"이런 느낌이에요."

나는 거리와 사격 방식에 따른 대미지 기록을 마기 씨에게 보여주었다.

"그렇구나, 유효 사정 거리는 50미터 정도까지네. 그 거리보다 더 멀어지면 대미지가 줄어드는구나. 그런데 반대로 가까워도 대미지가 늘어나진 않는 것 같아."

그리고 고정 대미지 계열 무기이기 때문에 대미지의 변동 폭이 그리 크지 않다.

"마기찌, 사용감은 어때?"

"그게 말이지. 쏠 때는 반동이 있긴 하지만, 그 반동이 총을 쏘는 느낌을 줘서 즐겁다고 해야 할까? 그리고 한 손으로 쏘면 조준이 약간 빗나가는 느낌이 드니까 아마 명중률이 떨어지는 건지도 모르겠어."

하지만 작은 구슬을 무수히 날리는 산탄은 조준이 약간 빗나가더라도 맞추기 쉬운 것 같다.

"그럼 다음에는 라이플을 시험해볼게."

이번에는 검은 총신을 스코프가 달린 길쭉한 총신으로 교체하고 총알도 라이플탄으로 바꾸었다.

피시즈(라이플) [무기]
ATK+95, DEX+10
추가 효과 : ATK 보너스, 사격 강화(중), 명중 강화(소)

총신을 교체함으로써 총의 종류와 방향성이 바뀌는 커스터마이즈성이 있구나. 그렇게 생각하는 와중에 마기 씨가 라이플을 시험 사격하기 시작했다.

좀 전과 마찬가지로 25미터 간격으로 10발씩 쏘며 그 대미지를 기록했다.

마기 씨는 샷건을 쏠 때처럼 라이플을 한 손으로 쏘는 것도 도전했지만, 총신이 길고 강력한 총알 한 발을 날리는 라이플의 특성상 조준이 크게 빗나가는 결과가 나왔기에 표적인 모노리스를 맞추지 못했다.

그래서 라이플은 한 손으로 쏘는 걸 포기하고 양손으로 시험 사격을 계속해 나갔다.

그 결과——.

"휴우, 그렇구나. 라이플은 200미터 이상인 거리에서도 대미지가 줄어들지 않아. 하지만 한 손으로 쏘면 반동 때문에 심하게 흔들려서 명중률이 대폭 떨어지는 거고."

샷건과 라이플, 그렇게 두 종류 총의 실제 시험 사격을 마친 마기 씨는 쉬기 위해 의자에 앉았고, 내가 내준 차를 마시며 시험 사격 기록을 훑어보았다.

"마기 씨, 뭔가 알아내셨어요?"

내가 다 마신 컵에 차를 다시 따르며 마기 씨에게 물었다.

"샷건이랑 라이플을 써보고 든 생각은, 고정 대미지 계열 무기치고는 위력이 강하긴 하지만 생각했던 것보다 대미지가 나오진 않았다는 거야."

"그래? 나는 충분한 것 같은데."

리리도 기계궁 같은 고정 대미지 계열 무기를 만들 수 있기 때문에 충분하다고 생각하는 것 같지만, 마기 씨는 고개를 저었다.

"나 같은 경우에는 그냥 도끼나 창을 던지는 게 더 효율이 좋으니까."

""아~, 그렇구나.""

마기 씨의 노골적인 감상에 나와 리리는 납득해버렸다.

"그런데 이번 시험 사격 때 쓴 건 윤 군이 [합성]으로 만든 보통 총알이니까. 위력이 더 강한 총알을 쓰면 대미지도 더 올라갈 것 같긴 한데……, 할 수 있어?"

"물론이죠. 필요한 소재는 이런 느낌이고요."

아다만타이트탄과 속성 미스릴탄, 속성 특효탄. 세 종류에 필요한 소재를 적어서 보여주자 마기 씨와 리리가 곤란하다는 듯이 미소를 지었다.

"만들 수 있긴 하겠지만, 위력이 강한 총알을 만들려면 비용이 꽤 부담되네."

특히 문제가 되는 점은 주괴를 확보하는 것과 화약 대신 사용할 위력이 강한 마법약이다.

양쪽 다 만드는 사람이 별로 많지 않기 때문에 소재의 가격이 아니라 수요 면에서 확보가 힘들다.

"음~, 윤 군. 총알에 사용하는 화약은 다른 걸로도 대체할 수 있어?"

"총알에 속성 효과를 부여하지 않을 거라면 꼭 마법약을 쓸 필요는 없어요."

"그럼 이건 어떨까?"

그렇게 말한 마기 씨는 클로드가 번역한 [건즈웍스 매뉴얼]을 꺼내서 어떤 페이지를 펼쳤다.

나는 오리지널 레시피 책을 꺼내서 비교해 보았다.

"아~, 이런 곳에 화약 레시피가 있었구나. 총알을 만드는 걸 우선시하다가 못 보고 놓쳤네."

샷건과 라이플 같은 총이 그려진 페이지의 칼럼처럼 화약 레시피가 적혀 있었다.

"음, 소재는——, 흑폭석, 적층탄에 [화산지대의 염열유]와 강산성 젤리, 개구리의 위장을 섞는 거구나."

흑폭석과 강산성 젤리, 개구리의 위장은 화약 점토에 사용하는 소재이기 때문에 그 발전 계열 레시피라고도 할 수 있다.

다섯 종류의 소재를 사용하는 화약의 레시피는 [조합] 또는 [합성] 센스로 만들 수 있는 것 같았기에 곧바로 만들었다.

"간다. ──《합성》!"

다섯 종류의 소재를 사용한 5종 합성은 가지고 다니는 합성 키트로는 만들 수가 없다.

그렇기 때문에 차례차례 강산성 젤리와 개구리의 위장으로 대미지 포션을 만들고, 흑폭석을 합성해서 화약 점토를 만들었다.

그리고 화약 점토와 적층탄, [화산지대의 염열유]를 3종 합성하면 완성이다.

"발사약……, 완성. 그럼 이걸로 해 볼까요."

"그래. 그리고 그 발사약을 개량할 수 있을지 이것저것 시험해보자."

위력이 강한 총알을 만들기가 탄두를 발사할 화약의 제작으로 바뀌었고, 셋이서 신나게 여러 가지 소재로 합성을 시험해 보았다.

"윤 군, 용융석도 합성에 넣어보자."

"윤찌, 적층탄이 아니라 이 목재로 만든 목탄을 대신 써보지 않을래?"

마기 씨가 용융석을, 리리가 질이 좋은 목탄을 내놓았다.

"그리고 마법약도 화약 대신 쓸 수 있다면 그것도 합성 소재에 넣어보는 게 어떨까?"

마기 씨가 제안하자 나는 턱에 손을 대고 생각했다.

"[발사약]에 합성하면 실패했을 때 뭐가 뭔지 알 수가 없는 물건이 될 테니까 총알을 만들 때 4종 합성으로 만들면 마법약의 속성 보너스 특성도 넣을 수 있으려나?"

화약인 [발사약]을 기반으로 셋이서 여러 가지 소재를 넣어서 합성한 결과, 더욱 강력한 화약과 그것을 사용해서 합성으로 만든 총알을 만들 수 있었다.

발사약 개량형 [소모품]
HP 대미지 −500(±25)

[발사약]에 [용융석]과 질이 좋은 목탄 가루를 합성에 사용함으로써 [발사약 개량형]이라는 위력이 강한 상위 화약이 완성되었다.

그리고 탄두로 쓸 금속 주괴와 화약으로 쓸 [발사약 개량형], 속성 대미지를 부여할 마법약, 빈 약협을 4종 합성함으로써 위력이 강한 화약을 이용하면서도 속성 대미지까지 부여할 수 있었다.

"자, 새로운 총알로 시험 사격을 해볼게."

마기 씨는 탄두 세 종류와 화약 네 종류의 조합으로 총알을 시험 사격하여 총알의 성능을 검증했고, 나와 리리는 모노리스에 뜬 대미지를 기록해 나갔다.

●

총알 시험 사격을 마친 마기 씨는 대미지 기록을 보았다.

"음~. 역시 평소에 그냥 사용할 때는 철 탄두하고 [발사약] 조합이 제일 나은 것 같은데."

"그래? 내가 보기에는 다른 특수탄도 꽤 괜찮은 대미지가 나온 것 같던데, 마기찌가 보기에는 안 되겠어?"

"가성비를 생각하면 특수탄은 평소에 쓰기가 좀 그렇거든."

"아~, 중요하지. 가성비……."

마기 씨와 리리가 시험 사격한 체감과 기록을 통해 일상적으로 사용할 총알의 종류에 대해 이야기를 나누고 있었다. 한편 나는 가격을 무시하고 특수탄의 사용감을 물었다.

"가성비를 생각하면 쇠 탄두밖에 없구나. 그럼 특수탄은 어떤 느낌이던가요?"

"미스릴탄의 대미지는 철탄하고 비슷하니까 평소에 쓰진 않겠지. 하지만 대 언데드용 특수탄으로는 괜찮을 것 같아. 속성 특화탄은 [발사약]하고 마법약의 조합이 괜찮을 것 같고. 아다만타이트는 탄두가 무거우니까 [발사약]만으로는 조준이 아래쪽으로 쏠려. [발사약 개량형]을 쓰면 똑바로 날아가지만, 그 경우에는 내게 반동 대미지가 들어와 버린단 말이지."

단숨에 특수탄에 대한 감상을 말한 마기 씨를 보고 나는 귀중한 의견을 들었다고 생각하며 노트에 적어두었다.

"음~. 그렇다면 철이랑 미스릴은 [발사약], 속성 특화탄은 [발사약]과 마법약을 복합적으로, 아다만타이트는 [발사약 개량형]인가……."

총알을 어느 정도 만들어서 시험 사격해보았지만, 최종적으로는 철 탄두와 [발사약] 조합이 가성비 면에서 제일 뛰어나다는 걸 알 수 있었다.

"이렇게 보니 상황에 따라 여러 종류의 총알을 나눠 쓸 수 있다는 건 총의 강점이구나."

"맞아. 그밖에도 화약이나 탄두의 조합에 따라 다양한 특수탄을 만들 수 있을 것 같고."

마기 씨와 리리가 총알의 검증 결과를 즐겁게 바라보는 와중에 나는 복잡한 심정으로 그 모습을 보고 있었다.

"음, 공격 성능도 이렇게 보니 꽤 강한 것 같고, 분한데."

총의 종류와 총알의 성능에 따라서는 매우 강력한 무기가 될 것 같다.

그리고 [총] 센스의 대미지 보정이나 아츠까지 감안하면 더욱 강력한 공격을 날릴 수 있을 것이다.

"너무 그러지 마. 윤 군의 활도 상태이상약을 합성한 독화살 같은 배리에이션이 있잖아."

"1주년 업데이트로 적 MOB의 상태이상 내성도 내려갔으니까 활하고 총의 차별화가 이루어졌을 거야."

마기 씨와 리리가 나를 위로해주며 화제를 돌리기 위해 다른 이야기를 꺼냈다.

　"그러고 보니 시험 사격 때 쓴 총알 소재는 윤 군이 내놓은 게 많았지? 나중에 쓴 소재를 정리해줄래? 제대로 정산하고 싶으니까."

　"딱히 상관없어요. 이렇게 시험 사격을 해서 총알 레시피가 완성된 거니까요."

　나는 마기 씨가 참 성실하다고 생각하며 쓴웃음을 지었다.

　그리고 나와 마기 씨의 이야기를 듣고 있던 리리는 생각에 잠긴 듯한 모습을 보이며 내게 물었다.

　"윤찌는 총알 레시피를 완성시켰는데, [아트리엘]에서도 팔 거야?"

　"개인적으로는 가게에 진열하고 싶지 않은데. 주로 가게의 분위기 때문에."

　내가 그렇게 대답하자 리리는 윤찌답다며 미소를 지었다.

　"그럼 포션하고 마찬가지로 [오픈 세서미]에 위탁판매를 맡길래?"

　"아, 괜찮겠네요. 앞으로도 총을 만들어서 팔 때 필요할 테니까요."

　마기 씨의 제안에 내가 찬성하자 분위기가 밝아졌다.

　우선 마기 씨의 가게에 위탁판매를 맡길 총알은 표준적인 철탄으로 제한하기로 했다.

　"그럼 위탁판매용 소재를 사러 노점에 갈까? 가는 김에 방금 시험 사격 때 쓴 분량 소재도 보충하고."

"알겠어요. 그럼 시험 사격 때 쓴 소재도 받을게요. 그만큼 위탁판매용 총알도 많이 만들 테니까요!"

그렇게 우리는 뤼이 같은 사역 MOB들을 데리고 노점으로 총알 소재를 사러 나섰다.

그때 다양한 소재를 보고 영감이 자극되었는지 마기 씨와 리리가 총알에 넣을 수 없는지 물어보았다.

"있지, 있지, 윤 군. 플레어 건 같은 총알 같은 것도 만들 수 있어? 머리 위로 쏘면 빛나는 거."

"음~. 글쎄요. 탄두를 금속 말고 화약 구슬 같은 걸로 하면 되려나? 공격력은 낮겠지만요."

"그럼 윤찌. 비살상 계열 총알은? 예를 들어 연막탄 같은 게 있으면 편리할 것 같은데."

"그거라면 아까 말했던 화약 점토에 연기가 많이 나오는 소재를 섞어서 멀리 날리면 될지도 모르겠어."

시험 사격이 방금 끝난 참인데도 마기 씨와 리리는 차례차례 특수탄 아이디어를 내놓았다.

[총] 센스에는 별로 흥미가 없었지만, 이렇게 다양한 아이디어가 나오니 실현시키기 위해 생각하는 게 즐거워졌다.

그렇게 노점에서 총알 소재를 사들인 뒤 중간에 들른 포장마차에서 음식을 사서 마기 씨와 리리, 사역 MOB인 뤼이와 자쿠로 같은 아이들과 함께 먹으며 느긋한 시간을 보냈다.

그런 와중에 마기 씨의 지인인 노점상 주인과 이야기할 기회가 있었다.

"오, 마기 씨잖아. 오늘은 다 같이 노점 순회하나?"

"그래, 맞아. 그쪽은 어때?"

"그럭저럭이라는 느낌이지. 요즘은 납품 계열 퀘스트에 쓰는 소재 수요가 많고."

금은동 3종 퀘스트 이벤트가 시작되었기에 퀘스트를 달성하면 보조 보수로 퀘스트 칩을 받을 수 있다.

그와 동시에 각 마을에 3종 퀘스트 칩을 교환해주는 교환소도 생겼다.

동 칩 10개로 은 칩 1개. 은칩 4개로 금 칩 1개가 교환 비율이다.

원래 납품 계열 퀘스트는 노점에서 납품 아이템을 구입해서 클리어하더라도 금전적으로 손해를 보는 보수밖에 받을 수가 없다.

하지만 퀘스트 칩이 목적인 플레이어는 노점에서 구입한 아이템으로 짧은 시간에 납품 계열 퀘스트를 달성해서, 돈으로 퀘스트 칩을 손에 넣고 있는 것이다.

"그렇다면 물건을 들여오기가 힘들겠네."

"그래. 하지만 그게 초보 플레이어의 돈벌이 수단이 되고 있으니까 이제 막 시작한 아이들에게서 조금 비싸게 사들이고 있거든."

돈을 가지고 있는 플레이어는 비효율적이나마 이 방법으

로 퀘스트 칩을 모으고, 그렇게 뿌린 돈이 초보 플레이어에게 들어가서 장비나 소모품을 구입하는 자금이 되는 모양이었다.

나와 리리는 그럴 수도 있구나 하는 생각에 소리 내어 감탄했다.

"뭐, 요즘은 그런 느낌이려나? 근데 셋이서 뭘 찾는 거야?"

"[총] 센스가 추가되었잖아? 그래서 총을 만들었는데 총알을 만들 소재를 보충하고 실험용 소재를 찾아보려고."

마기 씨는 만든 지 얼마 안 된 총과 샷건, 라이플탄을 꺼내 보여주었다.

"호오, 바로 실제로 쓸 수 있는 물건을 만들다니, 역시 톱 생산직들이군. 저번 [교체 소형 망치] 품평회 때도 다들 좋은 평가를 받았지?"

"고마워!"

"저기……, 감사합니다."

다른 사람이 감탄하며 평가해주자 리리는 솔직하게 고맙다는 인사를 했고, 나는 약간 쑥스러워하면서도 마찬가지로 감사를 전했다.

"그럼 새로운 OSO의 발전을 위해서 덤을 좀 줘야겠어!"

"배포가 크구나!"

"총하고 총알이 좋은 평가를 받으면 이 소재들의 가치가 올라갈지도 모르잖아! 선행 투자라는 거지."

그렇게 말하며 씨익 웃은 노점상 플레이어로부터 마기 씨가 소재를 구입했다.

그리고 노점상 플레이어는 문득 우리가 데리고 온 사역 MOB인 뤼이와 리쿠르를 보았다.

"그러고 보니 마기 씨하고 윤의 사역 MOB은 기승형이지? 레이스에는 도전 안해?"

""""……레이스?""""

낯선 단어를 듣고 나와 마기 씨, 리리, 이렇게 셋이서 고개를 갸웃거리며 되물었다.

"어라? 아직 몰랐어? 1주년 업데이트로 레이스 요소가 추가된 거."

"윤 군, 리리, 알아?"

"아뇨, 저는 처음 들었는데요. 리리는?"

"나도 몰라."

이런 정보는 혼자서 알아보는 경우가 별로 없고, 대부분 뮤우나 타쿠가 가르쳐주는 경우가 많다.

하지만 뮤우의 플레이 스타일과 관련된 정보가 아니기 때문에 뮤우의 정보망에 늦게 들어온 건지도 모르겠다.

그건 그렇고 카지노와 레이스라니, OSO는 정말 1주년 업데이트 내용이 계속 나오는구나. 그런 생각이 들었다.

우리 모두가 고개를 저으며 모른다고 하자 노점상 플레이어는 다른 사람에게 OSO의 최신 정보를 가르쳐줄 수 있다는 게 기쁜지 신이 나서 가르쳐 주었다.

"[스타 게이트]에 사용하는 심볼이 새롭게 추가된 건 업데이트 공지를 통해 알고 있지?"

"그래. 제2탄 심볼이잖아."

마기 씨가 맞장구를 치자 노점상 플레이어는 더 자세히 설명해 주었다.

"맞아. 그렇게 추가된 심볼 중에 [경쟁]이라는 심볼이 있는 모양이거든. 그걸 심볼 코드로 넣으면 레이스 에리어에 도전할 수 있는 모양이야."

""호오~.""

준 기념일 업데이트 때 심볼 사재기 문제나 가격 폭등 문제가 생겨서 혼란스러운 시기가 있었다.

그렇기 때문에 제2탄 심볼은 한동안 상황을 지켜보려 했는데, 자세히 조사해볼 필요가 있을 것 같다.

"마기찌하고 윤찌는 좋겠다. 레이스에 참가할 수 있으니까."

리리가 부러운 눈초리로 바라보자 나와 마기 씨는 곤란한 듯한 표정을 지었다.

하지만 그런 리리도 금방 마음을 다잡았다.

"그래도 레이스는 구경할 수도 있잖아!"

"그래, 물론이지. 레이스가 끝난 뒤에 리플레이도 동영상으로 보존할 수 있어."

리리가 한 말을 듣고 노점상 플레이어가 고개를 크게 끄덕였다.

"그럼 마기찌하고 윤찌를 응원할게! 결과를 기대해야지. 두 사람이 레이스에 열심히 참가하는 동안, 클로찌하고 둘

이서 다른 업데이트 요소를 즐길게!"

"아하하하, 이렇게 된 이상 리리의 기대에 부응할 수 있게
끔 열심히 해야겠어, 윤 군."

"그래요. 그리고 뤼이를 마음껏 뛰게 해줄 수 있다는 것도
괜찮겠네요."

나와 마기 씨가 다음에 도전할 1주년 업데이트 요소는 정
해졌다.

[경쟁] 심볼 코드를 입수해서 [스타 게이트]에 있는 레이
스에 도전하는 것이다.

"그럼 쇼핑이 끝나면 [심볼 상점]에 가서 새로운 심볼을
사자."

"그래야겠네요. 그리고 보니 제2탄 심볼 컴플리트 보수는
뭐지?"

"윤찌는 그런 수집 요소가 있는 것들을 전부 모으는 타입
이지!"

총알 소재를 사러 왔을 뿐이었는데 뜻밖의 새로운 정보에
쇼핑이 계속 이어질 것 같다.

심볼 상점에서 [경쟁] 심볼을 손에 넣기 위해 심볼 주머니
를 샀지만 얻지 못하고 셋이서 아쉬워하고 있다가 근처에
있던 플레이어와 거래해서 입수했다.

그리고 그 인연으로 [스타 게이트]에 관한 실시간 정보와
감상도 직접 들을 수 있었다.

『[스타 게이트]에서도 에리어에 돌입할 때 미션이 제시되

고, 그걸 달성하면 퀘스트 칩을 받을 수 있어.』

『[스타 게이트]의 미션만으로 퀘스트 칩을 모으려고 하면 힘들 테니까 대부분 기존 퀘스트와 함께 해나가며 모으는 사람들이 많으려나?』

『제1탄 심볼에 있는 이거하고 제2탄 심볼에 있는 이것 조합은 쓰기 편해서 좋아. 꼭 써봐.』

『이 심볼 코드 에리어는 편리해. 에리어 크기가 매우 작고 적 MOB이 나오지 않아. 그러면서도 환경 대미지가 있는 에리어니까 새로 업데이트된 [열기 내성]이나 [한기 내성] 센스를 제대로 키울 수 있거든.』

우리는 그런 느낌으로 새로운 정보를 얻었고, 신이 난 표정으로 쉬기 위해 클로드의 가게인 [콤네스티 카페 양복점]으로 들어갔다.

그리고 가게 안쪽에서 생산 활동을 하다 쉬기 위해 카페 쪽으로 나온 클로드와 마주친 우리는 같은 테이블에 앉아 차를 마시며 오늘 있었던 일에 대해 이야기했다.

마기 씨의 총이 완성된 것과 시험 사격한 것, 다양한 종류의 총알 시험 제작, [스타 게이트]에 등장한 레이스 요소, 제2탄 심볼의 효과 등.

"……너희들, 나만 빼고 정말 즐겁게 놀았구나."

우리의 보고를 들은 클로드는 끼지 못한 것 때문에 쓸쓸한 표정을 지었다.

"어, 아……, 왠지 미안하네."

일단 리리가 프렌드 통신 메시지 기능으로 알려주긴 했지만, 재봉 작업 중이라 방금 눈치챈 모양이었다.

"하하하, 신경 쓰지 마라. 이번에는 우연히 타이밍이 안 맞았을 뿐이니까. 정말 재미있을 것 같고 흥미도 생겨서 실제로 보지 못한 건 아쉽지만 말이다."

클로드는 그렇게 말하며 자조하듯 웃었으나 척 보기에도 삐졌다는 걸 알 수 있었다.

"결과적으로 따돌리는 형태가 되어버리긴 했지만, 마음 풀어."

"그래. 이제부터 새로운 특수탄을 생각할 거니까 클로드의 지혜를 빌려줬으면 하는데."

나와 마기 씨가 클로드의 마음을 풀어주기 위해 설득했지만, 그는 삐진 표정을 지은 채 우리를 힐끔 보았다.

"……내게도 만족스러울 때까지 협력해준다면 생각해 보도록 하지."

"알았어. 알았다고. 뭐든지 협력할 테니까."

나는 반사적으로 클로드의 마음이 풀린다면 괜찮겠다는 생각을 하며 그렇게 말했다.

그러자 먼 산을 바라보며 쓸쓸한 표정을 짓던 클로드는 예상대로 일이 풀린 것을 기뻐하는 것처럼 씨익 웃었다.

"그럼 너희 세 사람은 장비를 갈아입어 줘야겠다. 새롭게 만든 다이쇼 로망 의상이다!"

나는 보라색 기모노에 붉은 하카마와 하얀 앞치마를 받

앉고, 마기 씨는 붉은색과 흰색의 체크무늬 기모노와 감색 하카마를 받았다.

리리는 흰색 셔츠와 나비넥타이, 어두운 녹색 반바지에 얇은 멜빵, 그리고 모던한 분위기의 베레모를 받았다.

"흐하하하하하! 예전부터 분위기를 통일시킨 장비를 입혀보고 싶었지!"

클로드도 그렇게 말하며 남자용 기모노와 하카마, 검은색 코트와 붉은 머플러로 갈아입었다.

클로드의 분위기를 보아하니 다이쇼 시대의 작가 같은 느낌이었다.

"자, 너희도 옷을 갈아입고 나를 만족시켜다오!"

"윤 군, 이번에는 우리도 잘못한 게 있으니까 포기하자."

"으윽, 네……."

그 뒤 우리는 다이쇼 로망 의상이라는 이름이 붙은 장비로 갈아입고 [콤네스티 카페 양복점]의 접객을 도왔고, 클로드가 만족할 때까지 몇 번이나 그 모습을 스크린샷으로 찍혔다.

6장   기승 레이스와 장비 확장 키트

"뤼이, 자쿠로——, 《소환》!"

『뀨우!』

"리쿠르——, 《소환》! 자, 가자!"

나와 마기 씨는 [스타 게이트]에 추가된 레이스에 도전하기 위해 파트너 사역 MOB들을 데리고 레이스 코스로 왔다.

거래로 손에 넣은 [경쟁] 심볼을 사용해서 심볼 코드를 만든 우리는 생성된 레이스 에리어로 전이했다.

전이한 레이스 에리어 코스 옆에는 설명판이 있었기에 그것을 읽어보았다.

"호오……, 레이스는 9인 1조로 진행되고 그 순위에 따라 포인트를 받을 수 있구나."

"그리고 지금은 이벤트 기간 중이라 그에 맞는 참가 보수도 있는 것 같아요."

내가 손가락으로 가리킨 곳에는 이벤트 기간 한정 추가 보수에 대해 적혀 있었다.

한 레이스마다 참가 보수로 동 칩 1개.

레이스 순위에 따라 받을 수 있는 레이스 포인트 획득 합계 포인트가 100을 넘을 때마다 은 칩 1개.

그리고 최종적으로 이벤트 기간 중에 누적 획득 포인트가 1000을 넘으면 금 칩 1개를 받을 수 있고, 그 이후로는 보수가 없는 것 같다.

"어디까지 해볼까? 레이스 에리어를 잠깐 즐기기만 할지, 아니면 보수 퀘스트 칩을 얻는 걸 목적으로 삼을지."

"일단 레이스 포인트로 교환할 수 있는 경품을 보러 가실 래요? 그걸 기준으로 생각해 보게요."

"그래. 그렇게 하자."

나와 마기 씨는 이 레이스 에리어의 목표를 어떻게 설정할지 일단 보류한 다음 경품 교환소로 갔다.

"오, 속도 상승 계열 포션하고 액세서리가 있네. 그리고 사역 MOB의 장비랑 방어용 아이템 같은 것도 파는구나."

이 기승 MOB 레이스는 플레이어와 사역 MOB이 대미지를 입지는 않지만, 공격으로 방해할 수 있게 되어 있다.

그렇게 방해할 수 있는 레이스에서 이기기 위해 다양한 공격, 방어, 보조 아이템 등이 경품으로 나와 있었다.

"음~. 속도 강화 소모품은 인챈트나 강화 환약(부스트 태블릿)이 있으니까 필요 없을 것 같은데."

"사역 MOB의 장비는 생산직에게 부탁하면 만들어줄 테니 필요 없겠지. 그런데 방어용 아이템하고 강화 소재가 조금 신경 쓰이긴 해."

경품 교환 포인트는 소모품이 20~50 포인트. 액세서리는 100~200 포인트 정도였다.

그게 큰 건지 작은 건지는 모르겠지만, 방해가 가능한 레이스에서 분위기를 띄우기 위한 요소일지도 모르겠다.

그리고 기승 MOB 레이스의 주요 경품을 보았다.

"[익스팬션 키트 I]……, 500 포인트."

"교환은 한 달에 한 번만 할 수 있는 희귀한 장비 확장 아이템이구나."

1주년 업데이트로 추가된 장비의 추가 효과 슬롯을 증설할 수 있는 아이템이다.

하지만 업데이트 공지 이미지와는 조금 다른 것 같았다.

그래서 아이템 스테이터스를 자세히 확인해 보았다.

[익스팬션 키트 I] (소모품)

대상 장비의 추가 효과 슬롯을 한 칸 늘려주며, 최대 3회까지 사용할 수 있다.

단 이 확장 키트로는 첫 번째 칸만 증설할 수 있다.

상위 익스팬션 키트를 사용하면 다음 칸을 증설할 수 있다.

그 설명을 보고 나와 마기 씨는 곤란하다는 듯이 웃었다.

"그렇구나. 이건 익스팬션 키트 중에서도 하위인 아이템 같아."

"그렇다면 상위 키트는 II나 III라고 표기되겠네요."

상위 확장 키트는 두 번째 칸, 세 번째 칸으로 확장 범위가 늘어나고, 그만큼 입수 난이도가 높게 설정되어 있을지도 모르겠다.

그리고 이 하위 확장 키트는 한 달에 한 번으로 교환 제한이 걸려 있는데 그밖에도 입수 방법이 여러 가지 있을 것 같다.

"일단 하위 확장 키트를 교환하는 걸 목표로 해볼까?"

"그래요. 바로 레이스에 참가해보죠."

나는 마기 씨와 함께 코스로 들어가 출발 위치에 섰다.

나와 마기 씨가 파트너의 등에 올라타자, 관객석에 남겨두고 온 자쿠로가 응원하는 듯이 앞다리를 흔들고 있었다.

"뤼이, 온 힘을 다해 달려도 돼! 자쿠로는 응원 잘 부탁하고!"

마기 씨도 리쿠르를 타고 한 손으로 고삐를 잡은 다음, 다른 쪽 손에는 방해용 무기로 샷건을 들었다.

"윤 군, 간다!"

"네!"

우리가 준비를 마치자 다른 시작 지점에 빛의 입자가 모여들어 형태를 이루었다.

그것은 한 레이스의 참가자 아홉 명의 숫자를 맞추기 위해 마련된 NPC와 고스트라 불리는 플레이어 데이터였다.

NPC는 기승이 가능한 MOB과 그것을 조종하는 인간형 MOB으로 구성된 대전 상대.

그리고 고스트라 불리는 대전 상대는 한 번이라도 레이스 코스에 도전한 적이 있는 플레이어 데이터를 기반으로 재현된 플레이어의 사본 NPC다.

그런 경쟁 상대가 7팀 나타났고, 레이스 시작을 알리는 깃발을 휘두르는 NPC도 나타났다.

『3, 2, 1——, 고!』

"《존 인챈트》——, 스피드! 《존 커스드》——, 스피드!"

모두가 한데 모여 있는 출발 타이밍에 내 뤼이와 마기 씨의 리쿠르에게 속도 인챈트를 걸어주고, 눈에 보이는 경쟁 상대에게 속도 저하 커스드를 걸어 방해했다.

"윤 군! 나이스! 이대로 선두를 달리자!"

이번 레이스는 평원 타입 타원형 트랙 코스를 한 바퀴 돌면 된다.

선두 유지를 목표로 달려가기 시작한 나와 마기 씨가 뒤쪽을 힐끔 보니 인챈트 때문에 느려진 레이스 상대가 줄줄이 쫓아오고 있었다.

그리고 그렇게 줄줄이 상태로 달리며 서로가 서로를 방해하고 있었기에 우리와의 거리가 더 벌어졌다.

"이 정도면 편하게 이길 수 있을지도 몰라!"

"마기 씨, 방심하지 마세요. 일반적인 커스드와는 달리 효과가 금방 끝날 거라고요!"

[하늘의 눈]으로 후방을 확인하며 계속 뤼이를 달리게 하다 보니 출발할 때 나와 마기 씨에게 건 인챈트와 상대에게 건 커스드가 이미 끝난 상태였다.

레이스 중에는 원래 [부가] 스킬의 지속시간보다 훨씬 짧아지는 모양이다.

"마기 씨, 왔어요! ——《머드 풀》!"

뒤쪽에서 우리를 쫓아오는 경쟁 상대 NPC와 고스트들은 우리를 따라잡기 위해 가속하거나 우리를 떨어뜨리기 위해 공격을 가했다.

뒤쪽에서 날아든 공격은 뤼이의 고삐를 움직여 피했고, 가속으로 접근하는 경쟁 상대에게는 진로에 진흙탕을 만들어내 발을 묶었다.

하지만 진흙탕의 범위를 점프로 뛰어넘어서 다가온 고스트가 나를 향해 검을 들어 올렸고——.

"하앗!"

마기 씨가 나를 공격하려 한 고스트 사이에 리쿠르를 타고 끼어든 다음, 지근거리에서 산탄을 날려 기승 MOB에서 떨어지게 만들었다.

떨어진 고스트는 천천히 일어나 다시 기승 MOB에 올라탔지만, 그동안 걸린 시간 때문에 다른 경쟁 상대들에게 차례차례 추월당해 꼴찌가 되었다.

"마기 씨, 감사합니다!"

"자, 이대로 1위와 2위를 따내 버리자!"

그 이후로도 평원의 코스를 달려서 마기 씨가 1위, 내가 2위로 골인했다.

[결과 : 레이스 레벨 1 X 순위 포인트 8Pt——, 레이스 포인트 8Pt를 획득하였습니다.]

레이스가 끝나고 나서 손에 넣은 레이스 포인트 내역을 보니 얼마 안 되는 것 같아 쓴웃음이 나왔다.

　"확장 키트 교환까진 갈 길이 머네. 마기 씨는 어때요?"

　"응? 나는 12포인트였어."

　"어라? 1위는 포인트를 꽤 많이 받네요."

　"아니야. 윤 군 보다 순위가 높아서 포인트가 늘어난 거야."

　이야기를 들어보니 마기 씨의 순위 포인트는 1위라서 9포인트였던 모양이다.

　그것과는 별개로 2위인 나와 뤼이보다 높은 순위였기 때문에 플레이어 보너스로 플레이어 한 명당 3포인트를 추가로 받은 것 같았다.

　"아~, NPC나 고스트보다 플레이어가 참가하는 쪽이 획득 포인트는 더 짭짤하구나."

　"그런 것 같아. 코스 레벨이 최대 5까지 있는 것 같으니까 아홉 명이 모두 플레이어인 레이스에서 1위를 하면 최대 69포인트구나."

　1위 순위 포인트가 9포인트고, 코스 레벨의 배수를 곱하면 최대 45포인트다.

　거기에 자기 말고 다른 플레이어 8명에게 승리하면 24포인트를 얻을 수 있다.

　순위는 한 경기마다 바뀔 테니 얻을 수 있는 포인트가 절반이라고 해도 사람만 모이면 15 경기 만에 키트를 교환할 수 있다.

"윤 군, 코스 레벨을 좀 높일까? 코스를 생성할 때 심볼의 숫자를 늘리면 난이도도 올라가는 것 같아."

[스타 게이트]의 심볼 코드는 3개부터 10개까지의 심볼 조합으로 구성되며, 구성 심볼의 숫자가 늘어나면 에리어의 난이도가 올라간다.

"그래요. 코스 레벨을 한 단계씩 올려서 시험해볼까요?"

만약에 1위를 하지 못하더라도 코스 레벨이 높으면 그만큼 많은 포인트를 얻을 수 있다.

"자, 팍팍 도전해서 포인트를 벌자! 윤 군, 이번에는 어느 쪽이 먼저 골인할 수 있을지 경쟁하는 거야!"

"네! 알겠어요! 저도 지지 않을 거라고요!"

그렇게 새로운 코스를 생성한 나와 마기 씨는 각자 확장 키트의 교환을 목표로 삼으면서도 경쟁까지 의식하며 코스에 도전했다.

레벨이 높은 코스에 도전하니 NPC와 고스트들의 공격 빈도도 올라갔고, 달리는 속도도 빨라져서 고전했다.

레벨2까지는 상위를 안정적으로 따낼 수 있었고, 레벨3부터는 운이라는 요소가 꽤 크게 작용했지만, 레이스로 따지면 재미있는 난이도였다.

하지만 레벨4 코스에 한 번 도전했을 때는——.

"허억, 허억……, 안 되겠어. 너무 강해! 아니, 어째서 상급 마법 같은 걸 날리는 거야!"

"진짜 못 이긴다고! 안 돼. 난이도가 너무 올라갔어, 무섭

다니까."

레이스가 끝난 뒤에 지친 나와 마기 씨는 숨을 헐떡이며 땅바닥에 드러누웠다.

코스의 거대화, 코스 곳곳에 배치된 방해 요소, 불안정하고 발치가 좁은 지름길 루트 등, 코스가 복잡해지고 난이도가 올라갔다.

NPC나 고스트의 최고 속도도 올라가고 방해 공격 사용 빈도도 올라간 데다 방해한 다음 복귀하는 시간이 단축되기도 했다.

나와 마기 씨는 최후미에서 선두 집단 NPC와 고스트들이 벌이는 싸움을 바라보며 쫓아갔지만, 가끔씩 이쪽으로 날아드는 공격을 피하기만도 벅찼다.

그 결과가 마기 씨가 8위에 12포인트. 내가 9위에 4포인트였다.

코스 레벨4는 고생한 것치고는 짭짤하지 않아서 차라리 레벨1 코스를 여러 번 도는 게 나을 것 같다는 느낌이 들었다.

"윤 군, 코스 레벨3을 중심으로 하자."

"찬성이에요. 너무 강하잖아. 레벨5는 어떻게 되는 거지?"

방해 공격이나 코스 기믹으로 대미지를 입는 건 아니지만, 그래도 정신적인 피로가 컸다.

코스 레벨4의 난이도가 급상승한 걸 보고 나와 마기 씨는 레벨3 코스에서 포인트를 벌기로 했다.

그리고 질리지 않게끔 마기 씨와 다양한 코스를 도전했다.

"역시 마기 씨와 리쿠르는 어떤 지형에서도 안정적으로 달릴 수 있네요."

"그러는 윤 군하고 뤼이는 평지에서 정말 빠르잖아. 그리고 투명화가 있으니까 방해 공격을 피할 수 있는 것도 강점이고."

마기 씨의 리쿠르는 힘차게 달리며 산악 지대나 기복이 있는 지형, 장애물이 있는 코스에서 매우 강하다.

그에 비해 뤼이는 초원이나 황야 같은 평지에서 단숨에 달려나가는 속도가 있었다.

그리고 약간 특수한 코스에서는——.

"가자, 뤼이. ——《라이트 웨이트》!"

"잠깐, 윤 군, 기다려! 물 위를 달리다니, 치사하잖아!"

"이것도 센스 조합이거든요. 먼저 갈게요!"

바다와 호수, 습지대나 늪 같은 물가 요소가 있는 에리어 코스에서는 마기 씨의 리쿠르가 발이 빠지거나 물속을 개헤엄으로 첨벙첨벙 헤엄치며 나아가곤 했다.

그에 비해 나와 뤼이는 [염동] 센스의 《라이트 웨이트》로 뤼이를 경량화시켜서 물 위나 발이 빠지기 쉬운 늪지대 위도 가볍게 뛰어가며 안정적으로 상위에 안착했다.

"이제 제가 세 번 이겼네요."

"아직 내가 이긴 숫자는 네 번이니까 더 많아! 다음은 내가 코스를 만들게!"

나와 마기 씨가 한 경기를 뛸 때마다 진 쪽이 다음 코스를 정하게 되었다.

좀 전에는 바닷가 코스였고, 진 마기 씨는 직접 심볼을 조합해서 코스를 선택했다.

보통은 자기가 유리한 코스를 선택하기 마련일 텐데, 마기 씨는 유리하거나 불리한 건 상관없이 랜덤으로 에리어를 구성했다.

그 결과——.

"아하하하, 코스마다 대전 NPC의 종류도 미묘하게 바뀌는구나!"

"자, 잠깐만, 진짜로 무서우니까! 뤼이, 정화, 정화, 정화 아아아아!"

코스 생성 시에 언데드 계열 MOB의 요소가 있는 심볼을 사용한 결과——, 흐린 날 밤의 코스가 탄생했다.

등장한 대전 상대 NPC는 전부 스켈레톤 라이더나 고스트 라이더 같은 것들이었고, 매우 빠르게 쫓아왔다.

마기 씨는 웃으면서 어두운 밤길을 달려갔지만, 나는 울상을 짓고 뤼이에게 달라붙어 비명을 지르며 계속 도망쳤다.

뤼이의 정화가 언데드 계열 대전 상대에게 효과적이었는지 꽤 괜찮은 방해 능력을 발휘했지만, 그럼에도 불구하고 코스를 다 달리기 전까지는 유령 계열 MOB이 계속 쫓아왔기에 정신적으로 매우 지쳤다.

"아하하하, 좀 재미있었던 것 같아. 윤 군, 한 번 더 할까?"

"안 해요! 언데드 계열 금지예요! 저도 마기 씨가 껄끄러워하는 물가 계열 코스를 금지할 테니까! 그리고 레이스에서 졌으니 제가 코스를 정할 거예요!"

그렇게 진 나는 다음 코스로 나와 뤼이가 자신있는 평지 코스를 생성했는데——.

"잠까아아안, 어째서 레티아하고 무츠키 조합이 나오는 거냐고오오오오오!"

"아하하하하, 이건 너무 강하잖아!"

플레이어의 사본 NPC인 고스트로 레티아와 거대 코끼리형 MOB인 가네샤 무츠키 사본이 나타나 우리를 쫓아왔다.

유령과는 다른 의미로 위압감이 있었기에 공포가 느껴졌다.

그런 일을 겪으면서도 나와 마기 씨는 기승 레이스로 포인트를 모아나갔다.

●

질리지 않게끔 이것저것 신경 썼지만, 한 시간 넘게 뤼이를 타고 달린 경험이 없었기 때문에 지칠 수밖에 없었다.

나와 마기 씨는 [스타 게이트]를 통해 귀환한 다음, 쉬면서 레이스의 감상과 성과를 서로 확인했다.

"레이스 중에는 방해 공격이나 방해 요소 때문에 대미지를 입지 않지만, MP도 회복되지 않는구나."

"그래. 이쪽에서 스킬로 방해하는 것도 제한되어 있는 느낌이고. 하지만 소모품 제한은 없으니까 다양한 공격 아이템 같은 걸 만드는 것도 재미있겠어. 그런데 윤 군의 결과는 어때?"

"음, 15경기를 해서 250포인트 정도하고 부산물로 동 칩 15개, 은 칩 2개를 얻었네요."

"나는 300포인트에 칩은 동 칩 15개, 은 칩 3개야. 뭐, 내가 더 많이 이겼으니까 그만큼 차이가 났겠지."

"다음에는 지지 않을 거예요……, 하지만 피곤하니까 오늘은 쉬도록 하죠."

"찬성이야. 좀 쉬자."

그렇게 이야기를 나누고 이것저것 레이스 반성회를 하면서 파트너 사역 MOB을 칭찬해줬다가, 레이스 중에 일어났던 해프닝을 떠올리고 웃기도 했다.

"내일 레이스를 몇 시에 할지 정할까?"

"오늘하고 똑같은 시간이면 되지 않을까요? 저는 딱히 일정이 없는데요."

휴식을 마친 나와 마기 씨는 내일 만나기로 한 시간을 정한 다음 로그아웃해서 헤어졌다.

그리고 저녁 식사 전——, 오늘 저녁은 후루룩 먹을 수 있는 소바와 여름 채소 튀김을 준비했다.

튀김옷을 입힌 채소를 바삭바삭하게 튀기고 있자니 거실에서 여름 방학 숙제를 하고 있던 미우가 내게 말을 걸었다.

"있지, 있지. OSO에서 오빠가 재미있어 할 만한 요소를 또 발견했어."

"호오, 이번엔 무슨 요소인데?"

날마다 미우가 신이 나서 OSO의 새로운 정보를 가르쳐 주었기에 내가 잘 아는 생산 계열 정보 말고 다른 쪽도 조금씩 알게 되는 것 같다.

"[스타 게이트]에 새로 추가된 [경쟁] 심볼을 사용하면 기승 MOB 레이스를 할 수 있대."

"아쉽네. 그건 오늘 마기 씨하고 해보러 갔거든."

"뭐야. 벌써 알고 있었구나. 아쉽네. 그래도 오빠랑 마기 씨가 레이스 하는 거 보고 싶은데."

그렇게 말하면서 아쉬워하는 미우에게 쓴웃음을 지으며 내가 알게 된 것들을 가르쳐 주었다.

"참고로 레이스에서 포인트를 모으면 무기의 추가 효과 슬롯을 늘릴 수 있는 [익스팬션 키트 I]하고 교환할 수 있어."

"업데이트로 추가된 아이템이구나. 그밖에도 몇 가지 퀘스트나 보스 드롭 아이템으로 얻을 수 있는 것 같아! 나도 루카네하고 찾으러 갈 예정이거든."

신나게 자신들의 근황에 대해 이야기한 미우는 필요한 확장 키트 숫자를 손꼽으며 세보았다.

"역시 주 무기하고 방어구, 액세서리에 10개 이상은 필요하겠어! 앗, 늘린 슬롯용 강화 소재도 생각해 두어야지! 그때는 액세서리 강화도 부탁할게."

"그래, 그래, 내게 맡겨."

그렇게 OSO 이야기를 하다 보니 저녁 메뉴인 소바가 다 익어서 저녁밥이 완성되었다.

"그러고 보니 퀘스트 칩은 어느 정도나 모았어? 우리는 은 칩 30개 정도 모았는데."

"빠르네?! 나는 은 칩 5개하고 동 칩 15개. 지금은 퀘스트 칩을 모으는 것보다 업데이트로 추가된 요소나 생산 쪽을 중심으로 즐기고 있으니까."

"그렇구나. 만약에 퀘스트 칩을 모으고 싶으면 말해! 도와줄 테니까!"

뮤우가 그렇게 힘찬 목소리로 말하자 나는 쓴웃음을 지었다.

아직 여름 방학은 많이 남았고 이벤트 기간도 많이 남았으니 초조해할 필요는 없지만, 알겠다고 하면서 고개를 끄덕였다.

밤에 OSO에 다시 로그인한 나는 마기 씨, 리리와 이야기했던 총 센스에 쓸 특수탄 연구에 착수했고, 몇 가지 시험 제작품을 만들었다.

그리고 그다음 날은 마기 씨에게 시험 사격을 해달라고 해서 사용감을 확인한 다음, 정식으로 특수탄 중 하나로 채용했다.

또 레이스를 통한 포인트 벌이는 나와 마기 씨가 레이스에 익숙해졌기에 레벨3 코스에서도 평균 순위를 조금 높여서 [익스팬션 키트 I]을 교환할 수 있는 500포인트가 코앞이었다.

"내가 488포인트에 윤 군이 472포인트구나. 음~, 약간 부족하네."

이제 두세 경기 정도만 반복하면 교환에 필요한 포인트에 도달할 것 같다.

하지만 미묘하게 부족한 게 답답했다. 그렇게 코스 에리어에서 [스타 게이트] 건물로 돌아왔다.

『이봐, 다음에는 어떤 코스에 도전할까?』『역시 자신에게 유리한 코스에서 안정적으로 버는 게 낫지 않을까?』『그것보다는 좀 더 스릴이 있는 코스를 하자고! I자 코스 같은 건 어때?』

나와 마기 씨가 다음에는 어떤 코스에 도전할지 생각하고 있자니 [스타 게이트]가 늘어서 있는 건물에 3인조 플레이어가 왔고, 나와 마기 씨와 눈이 마주쳤다.

""………….""

우리는 상대방이 방금까지 하던 이야기로, 상대방은 우리가 데리고 있는 뤼이 같은 사역 MOB을 보고 서로 공감이 된 것 같았다.

그리고 그들이 왠지 낯익은 것처럼 느껴진 이유는 레이스 때 랜덤으로 선출되는 플레이어의 사본인 고스트로 본 적이 있기 때문이라는 걸 눈치챘다.

그 사람들이 이쪽으로 와서 우리에게 말을 걸었다.

"이봐, 레이스 하러 온 거지? 우리하고 승부하지 않을래?"

"좋아. 우리도 이제 곧 목표 포인트에 도달할 것 같으니까 플레이어가 많은 레이스에 참가하면 그만큼 빠르게 모이겠지. 윤 군은 어떻게 할래?"

"괜찮을 것 같네요. 사람들이 많이 모여서 하는 게 더 재미있을 것 같고요."

3인조의 리더로 보이는 플레이어의 제안을 받아들인 나와 마기 씨.

"그럼 그렇게 하자고. 코스는 어떻게 할까?"

나와 마기 씨, 아니면 3인조 중 누군가가 코스를 정할지 이야기가 나오자 나와 마기 씨는 고민했다.

"윤 군, 어떻게 할까?"

"맡겨도 괜찮지 않을까요? 상대방이 더 레이스를 많이 즐긴 것 같으니까요. 하지만 유령 계열 코스를 고르는 건 싫은데."

"나는 물가. 리쿠르가 개헤엄으로 나아가게 되니까."

우리 요청사항을 전달하자 상대 쪽에서도 받아들인 다음 어떤 코스를 제안했다.

"오케이. 그럼 황야 타입 중에서 스릴이 있는 에리어는 어때?"

"괜찮네! 스릴 있는 건 좋아하거든!"

"으윽, 나는 좀 별로인데. 아니, 그래도 유령이 아니라면 괜찮겠지……, 아마도."

신이 난 마기 씨와 껄끄러워하는 나를 보고 그 3인조는 쓴
웃음을 지으며 [스타 게이트]를 통해 그 코스로 전이했다.

"오오, 경치가 대단하네."

일직선 코스 너머에는 적갈색 황야가 펼쳐져 있었고, 멀
리 바위산이 있었다.

"코스는 반환점을 돌아오는 I자형 코스구나."

"아하하, 스릴이 있긴 하겠네요."

반환점을 돌아오는 코스에서는 돌아오는 다른 레이스 상
대와 정면으로 충돌하는 경우가 있다.

그리고 충돌을 피하려다 자세가 무너지거나 감속해서 순
위가 떨어지는 해프닝이 벌어질 수도 있기에 스릴이 있는
코스일지도 모르겠다.

"이 코스는 황야의 직선을 달리는 것뿐만이 아니라 중간
에 바위산 계곡을 통과하거든. 거기에는 낙석 방해 요소도
있어. 그럼 우리 파트너를 불러내지. ──《소환》!"

『──《소환》!』

그렇게 설명한 세 사람은 소환석을 들어 올리고 파트너를
불러냈다.

소환된 사역 MOB은 고원 에리어에 나오는 소 형태의
MOB인 스틸 카우, 제1마을 근처에 나오는 멧돼지 형태의
MOB인 빅 보어와 곰 형태의 MOB인 포레스트 베어였다.

"빅 보어와 포레스트 베어는 이 녀석들이 새끼 동물이었
을 때부터 키웠어. 그리고 내 스틸 카우는 파트너로 만드는

데 고생했지!"

리더가 자랑하듯 자신들의 파트너를 소개하고, 동료 두 명은 약간 쑥스러워하면서도 자신들의 파트너의 몸을 부드럽게 쓰다듬고 있었다.

조교된 고원 에리어의 스틸 카우는 처음 보았다.

자기 파트너를 소개한 3인조는 꽤 베테랑 조교사 플레이어인 것 같다.

"새끼 때부터 키우다니 대단하네. 아이들이 정말 잘 컸어. 아얏! 뤼이?!"

그런 그들의 파트너를 칭찬하자 뤼이가 질투한 건지 이마에 난 뿔로 나를 찔러댔다.

"잠깐, 뤼이도 잘 컸고 멋지다는 건 잘 알고 있으니까 뿔로 찌르지 마!"

그런 모습을 보고 다른 사람들이 미소를 지었다.

그리고 뤼이가 진정하자 우리는 비스듬하게 늘어선 세 줄 시작 지점에 각자 파트너를 올라탄 상태로 들어갔다.

"어떤 결과가 나오더라도 원망하지 말라고!"

"물론이지, 하지만 우리도 질 생각은 없거든!"

마기 씨와 3인조의 리더가 의욕을 보이는 와중에 각자 자기 위치에 섰고, 나머지 출발 지점에 빛의 입자가 모여들어 NPC와 플레이어 고스트가 생겨났다.

"괜찮은 출발 지점을 뺏겨버렸네."

"윤 군, 금방 만회할 수 있어!"

선두 출발 지점을 3인조에게 뺏겼기에 나와 마기 씨는 두 번째 위치에 섰다.

하지만 비스듬하게 늘어선 출발 지점들끼리 거리가 꽤 있었기에 출발한 것과 동시에 인챈트를 써서 그 틈을 뚫고 추월할 수는 있다.

"자, 간다!"

출발 신호를 보내주는 NPC가 나타났고, 카운트가 시작되었다.

3, 2, 1──, 깃발이 휘둘러진 것과 동시에 인챈트를 걸려고 입을 벌리자 선두의 3인조가 행동에 나섰다.

"《인챈트》──, 스피, '가자! 흙을 뿌려!'"

리더가 타고 있던 스틸 카우와 그의 동료가 타고 있던 빅 보어가 뒷다리로 힘차게 흙을 박차자 뒤쪽에 있는 우리를 향해 흙이 쏟아져 내렸다.

"잠깐, 갑자기 흙을 뿌리다니! 노리고 있었구나!"

『끄응~!』

"윽, 퉤! 퉤! 입에 흙이!"

머리에 쏟아진 황야의 흙을 기분 나쁘다는 듯이 털어내는 뤼이와 리쿠르.

갑자기 흙을 뿌리자 멈춰선 와중에 선두의 3인조와 우리 뒤쪽에 있던 NPC들이 달려가기 시작했고, 정신을 차리고 보니 스타트 대시를 하지 못하고 있었다.

"비겁하잖아! 흙을 뿌리다니!"

"미안하군! 방해할 수 있는 경쟁 레이스니까 좀 봐달라고!"

뒤늦게 뛰어가기 시작한 리쿠르 위에서 마기 씨가 따지자 3인조의 리더가 그렇게 대답했다.

"당했어! NPC 상대로 너무 익숙해져서 대처하지 못했어!"

선두 출발 위치를 선점했을 때부터 노리고 있었다는 걸 예상했다면 세 번째 줄 뒤쪽으로 물러나서 흙 뿌리기를 당하지 않고 스타트 대시를 할 수 있었을 것이다.

그 개막 싸움에서 진 것이다.

"아직 멀었어! 윤 군, 온 힘을 다해 따라잡자! 있는 힘껏 방해해줘!"

"알겠어요! 상대도 협력해서 상위를 노린다면 우리도 협력하죠!"

지금까지는 활을 봉인했지만, 이번만은 해제해야겠다.

"뤼이, 속도를 그대로 유지해줘! 저길 노리면 되겠구나!"

앞쪽에서 달려가는 집단──, 그 안쪽을 [하늘의 눈]으로 포착하고 활을 대각선 위쪽으로 겨누었다.

"가라아아아!"

포물선 궤도를 그리며 날아간 화살은 선두 집단의 머리 위를 지나쳤지만, 그럼에도 불구하고 화살을 멈추지 않고 계속 날려댔다.

"거칠게 움직이는 기승 MOB 위에서 공격하느라 조준이 빗나갔나!"

"아니, 앞이야! 앞을 보라고!"

직선형 코스 앞쪽에는 머리 위를 지나친 금속제 화살이 지면에 꽂혀 있었다.

"보답해줄게——, [머드 풀]!"

운성강 화살에 인챈트한 《머드 풀》이 발동되어 일제히 화살을 중심으로 진흙탕이 코스 위에 펼쳐졌다.

"겨우 이 정도로! 방해받을 수는 없지! 돌진하자!"

선두를 달리는 3인조는 기세를 살려 억지로 진흙탕으로 돌진했고, 그 뒤를 따라온 NPC들도 따라잡으려는 듯이 진흙탕으로 뛰어들어 발이 묶였다.

"거리가 줄어들었어! 윤 군!"

"네! ——《존 라이트 웨이트》!"

뤼이와 마기 씨의 리쿠르에게 [염동] 센스의 경량화 스킬을 사용해 진흙탕 위를 뛰어갔다.

"추월당할까 보냐아아아아! 으랴아아아앗!"

진흙탕을 기합으로 돌진하는 포레스트 베어를 탄 플레이어가 자신의 무기인 핼버드를 휘둘러 옆을 지나가려던 NPC에게 걸고 넘어뜨렸고, 그렇게 멈춰선 NPC와 기승 MOB이 나와 마기 씨의 장애물이 되었다.

"큭, 이게!"

나와 마기 씨는 고삐를 움직여 감속하며 피했다.

그동안 선두의 3인조는 진흙탕 지대를 빠져나가 다시 가속하기 시작했다.

"아깝다! 곧 따라잡을 수 있었는데."

"마기 씨, 그래도 거리를 많이 좁혔어요! 만회할 수 있다고요!"

선두의 3인조를 쫓아가며 낙석 방해 요소가 있는 계곡으로 돌입했다.

앞쪽에 있는 세 명은 낙석을 회피하는데 익숙한 모양이었다.

지면에 드리운 그림자 길이를 통해 낙석을 피하는 타이밍을 파악하고, 가끔씩 공격 아츠와 스킬로 낙석을 파괴하며 나아갔다.

하지만 나와 뤼이는 떨어지는 낙석 장애물을 안전하게 피하기 위해 속도를 늦춰서 계곡을 나아갔다.

"윤 군, 먼저 가 있을게!"

"네! 힘내세요!"

마기 씨와 리쿠르는 낙석을 뛰어넘은 다음 계곡의 벽을 발판으로 삼는 식으로 유연한 움직임을 보이며 이 계곡에서도 속도를 늦추지 않고 선두의 3인조와 거리를 좁혀 나갔다.

"그럼 나는 준비만 해둘까."

낙석 장애물을 피하는 뤼이에게 맞춰주며 뤼이의 등 위에서 어떤 것을 코스에 떨어뜨렸다.

승부는 반환점을 돌아서 다시 이곳으로 돌아왔을 때 시작될 것이다.

●

나와 뤼이가 계곡을 빠져나가 직선 코스에서 속도를 다시 내기 시작했을 무렵의 순위는 상대방 3인조가 1위부터 3위까지를 독점했고, 4위가 앞서나간 마기 씨, 그리고 5위는 나였다.

"뤼이, 따라잡자!《인챈트》──, 스피드!"

직선 코스에서 가속한 뤼이에게 인챈트를 걸어주며 뛰어가는 속도를 더욱 높여서 마기 씨를 따라가자 금방 따라잡을 수 있었다.

나와 뤼이가 없는 사이에 마기 씨는 선두의 3인조를 추월하려고 몇 번 시도했지만, 그때마다 세 사람이 연계해서 추월을 막아낸 모양이었다

"윤 군, 이번에 다시 추월해보자!"

"알겠어요!"

"꽤 끈질기군! 하지만 승부는 이래야 제맛이지!"

방해를 할 수 있는 이 난투 레이스에서 선두로 달리던 3인조의 리더는 즐겁다는 듯이 소리쳤다.

그리고 반환점인 큰 바위를 돌기 위해 최고 속도를 유지하며 크게 돌았다.

"갑니다!《인챈트》──, 스피드!"

"──으엇?!"

크게 돌아 커브로 돌입한 포레스트 보어를 탄 플레이어는 기승 MOB의 가속을 버텨내지 못하고 떨어졌다.

"왜 그래? 괜찮아?"

"괜찮아! 젠장! 속도 밸런스가 무너졌어!"

반환점 커브에서 내 인챈트로 인해 속도가 상승하자 그 원심력을 버티지 못하고 떨어진 것이다.

모두를 그런 식으로 떨어뜨려서 방해하려 했지만, 스틸 카우와 빅 보어는 반환점인 큰 바위 뒤에 숨었기에 눈으로 볼 수가 없어서 기회를 놓쳤다.

"당했다! 하지만 우리는 이 코스를 완전히 파악하고 있다고! ──《플레임 필러》!"

큰 바위를 돌아서 다가온 빅 보어를 탄 플레이어가 지팡이를 들어 올리고 정면으로 다가간 우리를 향해 불기둥 마법을 날렸다.

"이 《플레임 필러》는 최단거리로 반환점을 도는 궤도에 설치했다. 그대로 가다간 불기둥을 들이받게 될걸!"

큰 바위를 재빠르게 돌기 위한 인 코스가 불기둥에 막혔고 그게 점점 다가오는 와중에 나와 뤼이는 마기 씨와 리쿠르 뒤에 붙었다.

"마기 씨! 부탁해요!"

"알았어! 이대로 돌진한다!"

마기 씨는 정면에서 다가오는 불기둥을 바라보며 샷건에 총알을 넣고는 총구를 겨누었다.

"제정신이야? 그대로 들이받을 셈이냐!"

"그래, 그럴 셈이야! 가라, [결계탄]!"

총구에서 날아간 산탄이 공중에 퍼졌고, 산탄에 담겨 있던 금속 조각들이 선으로 이어져 면을 형성해서 우리를 지켜주는 방패가 되었다.

불기둥과 금속 조각이 형성한 결계가 부딪혀 양쪽 모두 소멸했다.

"중급까지라면 완전히 대처할 수 있구나!"

"정말, 만드는데 고생했다고요. ──[결계탄]."

[결계탄]은 미스릴 금속 조각과 [성수], 보석을 합성해서 만든 [액막이 결계 조각]을 산탄 탄두 대신 넣은 특수탄이다.

샷건으로 확산시켜 총알에 담은 8개의 [액막이 결계 조각]을 동시에 날렸기 때문에 중급 마법 정도라면 완전히 막을 수 있다.

그 광경에 경악한 빅 보어를 탄 플레이어.

하지만 3인조의 리더는 곧바로 스틸 카우가 달리는 궤도를 큰 바위를 도는 최단 코스에 부딪혀 왔다.

"가게 둘 것 같으냐아아아아!"

이 레이스에서는 기승 MOB들끼리 부딪히는 것이 방해 수단이기도 하다.

특히 스틸 카우 같은 종류의 MOB은 중량이 많이 나가고, 외피는 철처럼 단단하며 힘도 세기 때문에 몸싸움이 특기다.

그런 스틸 카우와 정면으로 맞부딪히면 내 뮤이나 마기 씨의 리쿠르는 튕겨 나가 버릴 것이다.

하지만 그 충격의 반동은 스틸 카우와 등에 타고 있는 리더에게도 가해진다.

아마 리더로서 동료인 빅 보어와 넘어진 포레스트 베어를 탄 플레이어를 위해 시간을 벌어주려는 행동이겠지.

"자, 정면으로 치킨 레이스를 해보자! 어느 쪽이 먼저 물러날지, 승부다!"

정면으로 배짱 대결을 걸어오자 앞쪽에서 달려가던 마기 씨는 의욕을 보였다.

"절대로 물러서지 않을 거야, 윤 군!"

"네! 《존 인챈트》――, 스피드!"

내 뤼이, 마기 씨의 리쿠르, 리더의 스틸 카우의 속도를 강화하자 모두가 달려드는 속도가 더욱 빨라졌다.

정면에서의 배짱 싸움엔 지지 않겠다며 리더도 호전적인 미소를 드리우며 강한 의지를 보였지만――.

"――리쿠르, 점프!"

『――아우우우우우우우!』

땅을 힘껏 박찬 것과 동시에 리쿠르가 바로 앞으로 다가왔던 스틸 카우의 머리 위를 뛰어넘었다.

"뭐, 뭐라고?! ――이런!"

뛰어오른 마기 씨와 리쿠르 뒤에는 내가 활을 겨누고 스틸 카우를 탄 리더를 지근거리에서 노리고 있었다.

내 화살을 맞고 스틸 카우의 등에서 떨어지는 건 위험하다고 판단한 리더는 곧바로 스틸 카우의 진로를 바꾸었다.

"미안해, 이거 페인트거든. 뤼이——, 《투명화》!"

나는 활을 내렸고, 뤼이의 환술 스킬인 《투명화》로 인해 나와 뤼이의 몸이 공기 속으로 녹아들 듯 희미해졌다.

회피와 은폐를 양립하게 해주는 《투명화》로 인해 스틸 카우의 몸을 통과해서 반환점인 큰 바위를 최단 코스로 돌자, 드디어 나와 마기 씨가 선두가 되었다.

페인트로 겨누었던 활을 피하기 위해 급하게 방향을 전환했고, 인챈트로 인해 익숙하지 않은 속도로 달리게 된 리더는 스틸 카우 등 위에서 균형을 잃었다.

그는 달리던 속도를 일단 늦춰서 자세를 바로잡은 다음, 따라잡은 빅 보어와 포레스트 베어를 탄 플레이어와 함께 다시 달리기 시작했다.

"너희들, 괜찮냐?"

"선두를 뺏기긴 했지만, 아직 달릴 수 있어!"

"이제 계곡하고 직선을 넘어가기만 하면 돼! 충분히 따라잡을 수 있어!"

우리는 선두로 나서긴 했지만, 지금까지 아껴두고 있었던 MP를 소비해서 맹렬하게 따라온 3인조에게 다시 선두를 빼앗겨버렸다.

"역시 상대방은 익숙하니까 선두를 유지하는 게 힘드네."

"마기 씨! 승부는 계곡에서 시작될 거예요!"

"알겠어. 윤 군에게 맡길게."

큰 바위를 돈 다음 뒤따라온 NPC를 피했고, 상대방도 우리가 한 번 선두를 빼앗은 걸 경계하는 건지 산발적으로 방해 마법을 날렸다.

그럴 때마다 마기 씨가 [결계탄]을 날려서 마법을 상쇄했지만, 거리가 서서히 벌어지기 시작했다.

"마기 씨, 갈게요! ──[클레이 실드]!"

"말도 안 돼?! 진흙탕 다음은 토벽이냐! 그래도 부수고 지나간다!"

계곡을 처음 통과하면서 마기 씨가 먼저 앞서나갔을 때, 계곡 곳곳에 [클레이 실드] 매직 젬을 뿌려 두었다. 그걸 지금 장애물로 쓰기 위해 발동시켰다.

그들은 노림수대로 갑자기 나타난 토벽 장애물 때문에 속도를 줄이고 아츠와 스킬을 써서 부수며 지나가고 있었다.

"리쿠르! 부탁할게!"

『──아우우우우우우우!』

리쿠르의 울부짖음과 동시에 발끝에 얼음 발톱이 생겨났고, 그게 퍼져 나가는 것처럼 앞쪽의 지면이 얼어붙기 시작했다. 계곡 측면에 얼음 발판이 생겨났다.

사역 MOB이 사용하는 스킬은 소환한 플레이어의 MP를 소비해서 발동된다.

마기 씨는 이때를 위해 레이스 중에 회복되지 않는 MP를 아껴두고 있었던 것이다.

"아하하, 연습했더니 세이 씨처럼 할 수 있게 되었네. 대단해, 리쿠르!"

리쿠르가 만들어낸 얼음 길을 뛰어 올라간 우리는 계곡으로 돌입했다.

마기 씨는 얼음 길을 달리며 신나게 소리를 질렀고, 내가 만든 토벽 장애물에 가로막힌 3인조를 추월해 나갔다.

"설마 이걸 노리고 있었던 건가?! 하지만 그런 얼음길은 계곡의 낙석에 맞아서 부서질 거라고!"

분한 듯 이쪽을 올려다보는 3인조의 리더 말대로 얼음길을 부수려는 듯이 떨어지는 낙석이 보였다.

저게 떨어지면 리쿠르의 얼음이 뚫려서 길이 끊길 것이다.

그래서 뤼이를 타고 있던 나는 마기 씨 뒤에서 활을 겨누었다.

"——《강궁기 · 산사태》!"

한계까지 힘을 모은 활로 날린 화살은 머리 위에서 떨어지던 낙석을 꿰뚫었고, 공중에서 산산조각 낸 다음 빛의 입자가 되어 사라졌다.

그렇게 얼음길에 떨어지는 낙석을 차례차례 꿰뚫어 나갔다.

"마기 씨, 제 MP는 이제 거의 바닥났어요!"

"나도 마찬가지야! 그래도 드디어 추월했어!"

나와 마기 씨는 얼음길을 따라 계곡을 빠져나왔고, 이제 결승점까지는 직선만 남았다.

"우오오오오오옷! 질까 보냐아아아아아아!"

"으앗, 벌써 쫓아왔어! 리쿠르, 끝까지 따돌려!"

"뤼이, 힘내!"

『후우~! 후우~!』

갈 때는 몰랐지만, 결승점 앞 직선은 약간 경사가 있는 길이었다.

처음에 출발할 때는 내리막길이라 가속하고, 돌아올 때는 오르막길이라 후반의 지구력을 시험한다.

그 오르막길을 달리기 위해 뤼이가 온 힘을 다했고, 우리 뒤쪽에 있던 3인조도 내가 만들어낸 토벽을 부수기 위해 MP를 모두 썼기에 이제 사역 MOB의 주파력 승부가 되었다.

3인조는 원래 능력이 뛰어난 조교사와 사역 MOB이었기 때문에 서서히 쫓아왔다. 우리는 다시 우리를 따라잡은 그들과 나란히 달리게 되었다.

"골인은 양보 못 한다! 마지막은 이대로 끝까지 달린다!"

"우리도 지지 않을 거야!"

마기 씨의 리쿠르와 리더의 스틸 카우가 서로 어깨를 부딪히면서 몸싸움을 벌이듯 달려갔다.

그리고 내 쪽에도 포레스트 베어와 빅 보어가 양쪽으로 나란히 따라붙었다.

이제 양쪽 다 스킬을 쓸 MP도 없고, 방해하는 것도 촌스러운 짓이기 때문에 그대로 라스트 스퍼트에 들어갔다.

마지막 오르막길을 넘어 다섯 팀이 거의 나란히 늘어섰다. 결승점 앞의 직선 코스를 달리던 와중에 스틸 카우가 머리 하나 정도 앞서고 있었다.

그 모습을 보고 사력을 다하는 리쿠르, 목을 뻗으려는 듯이 몸을 앞으로 숙이며 달려가는 포레스트 베어, 조금이라도 결승점에 가까이 가려고 코끝과 송곳니를 들어 올린 빅 보어.

"누, 누가 이겼지?!"

끝까지 달린 다음, 몸 전체로 숨을 내쉬는 리쿠르의 등 위에서 마기 씨가 주위를 둘러보았다.

내 뤼이와 대전 상대인 3인조의 사역 MOB도 온 힘을 다한 건지 축 늘어져서 숨을 고르는 와중에 공중에 뜬 반투명한 스크린이 골인 순간을 띄우고 있었다.

[──1위 : 마기 & 리쿠르]

"앗싸! 윤 군! 이겼어! 리쿠르도 고마워!"

"허억, 허억……, 마기 씨, 축하드려요."

뤼이의 등에서 내려와 땅바닥에 주저앉은 나는 지친 표정으로 마기 씨를 축하해주었다.

"젠장, 졌어! 아~, 졌다고."

그리고 마기 씨가 1위라는 결과를 본 경쟁 상대 3인조는 분하다는 듯이 투덜대면서도 온 힘을 다하고 난 뒤에 만족스러운 듯한 표정을 짓고 있었다.

그런데 그 뒤에 나온 동률 1위라는 글자는 뜻밖이었다.

"접전이긴 했는데, 동률이라니, 대체 누군데?!"

233

그리고 레이스 결과는──, 3인조의 리더와 스틸 카우, 동률 1위. 핼버드를 든 플레이어와 포레스트 베어, 동률 1위, 화속성 마법사와 빅 보어, 동률 1위, 그렇게 이름이 차례차례 떴다.

그리고──.

[──동률 1위 : 윤 & 뤼이]

모두가 동시에 골인한 것이다.

마지막 판정 이미지를 보니 뤼이가 약간 뒤처진 것 같은 느낌이었지만, 유니콘의 이마에 난 뿔 끄트머리가 결승점을 통과했다.

[결과 : 레이스 레벨3 X 순위 포인트 9Pt + 플레이어 보너스 4팀 X 3Pt──, 레이스 포인트 39Pt를 획득하였습니다.]

보아하니 동시에 들어오면 다른 참가 플레이어를 이긴 걸로 간주하는지 플레이어 승리 보너스까지 받아서 목표였던 500포인트에 도달했다.

그리고 관객석 스탠드에서 응원하던 자쿠로가 내게 뛰어왔다.

『뀨우뀨우~.』

"으앗?! 자쿠로, 응원했어? 이겼다고, 너덜너덜해지긴 했지만······."

EX 스킬인 [유수화]를 통해 편한 새끼 동물 상태로 돌아
간 뤼이가 내 허벅지에 머리를 얹었고, 그런 우리 곁으로 자
쿠로도 뛰어왔다.

"훗, 아하하하, 정말 뜨거운 승부였는데, 마지막에 모두
동시에 들어오다니, 정말 대단한 기적이야!"

"크하하하하, 우리도 레이스를 많이 했지만 동시에 들어
온 건 이번이 처음이라고!"

마기 씨와 3인조의 리더도 이 결과가 뜻밖이었는지 크게
웃고 있었다.

"아~, 진짜. 동률 1위도 웃기고, 승부 결과는 진 거나 마
찬가지라 분하고······, 한 번 더! 한 번 더 승부하자!"

"안됐네요. 나도 그렇고 윤 군도 목표로 정한 [익스팬션
키트]를 교환하는데 필요한 포인트를 다 모아서 이제 끝낼
거야."

리쿠르도 지쳤는지 새끼 동물 상태가 되어 마기 씨 품속
에 늘어져 있었다.

"그럼 약속해줘! 또 레이스를 할 때는 우리하고 하자고!"

"그래, 이번에는 즐거웠으니까 다음에는 아홉 명을 모두
플레이어로 채워서 대난전을 벌이는 것도 괜찮을 것 같아!"

그런 식으로 마기 씨와 3인조의 리더가 의기투합해서 떠
들고 있었다.

내가 뤼이와 자쿠로를 쓰다듬어 주면서 승부가 끝난 뒤의

여운에 젖어있자니 포레스트 베어와 빅 보어를 타고 승부를 벌인 두 사람이 다가왔다.

"이봐, 잠깐 괜찮을까?"

"뭐, 뭔데?"

약간 복잡한 듯한 표정으로 나를 바라보던 두 사람이 방금 벌인 레이스에서 생긴 의문을 털어놓았다.

"꽤 강력한 원거리 공격 수단을 가지고 있지? 어째서 우리를 직접 노리지 않았던 거야? 그렇게 하면 순위가 바뀌었을지도 모르는데."

하긴, 처음에 뒤처진 뒤에 활로 선두를 달리던 3인조를 직접 노렸다면《머드 풀》로 방해한 것보다 효과적이었을 것이다.

반환점인 큰 바위를 도는 순간 포레스트 베어를 가속시켜서 떨어지게 한 다음 화살을 날려서 추가타를 가할 수도 있었다.

리더와 스틸 카우가 정면으로 돌진했을 때도 화살을 날렸다면 시간을 벌었겠지.

무엇보다 마지막에 토벽으로 잡아두고 얼음길을 달려갈 때 대량의 공격용 아이템을 머리 위에서 떨어뜨렸다면 그것만으로도 시간을 더 벌 수 있었을 것이다.

"그런 기회를 내팽개친 게 의아해서 말이지……."

"어, 아~, 그렇게까지 생각하진 못했는데."

뤼이와 자쿠로를 쓰다듬다가 멈추고 고민해봤지만, 그렇

게 깊게 생각한 게 아니었기에 상대방도 멍해진 모양이었다.

하지만 한 가지 생각난 이유가 있었다.

"그래도 그런 건 싫으니까."

"싫다고?"

"원래 NPC나 플레이어의 사본인 고스트를 직접 공격하는 게 왠지 싫었거든. 이번에는 플레이어와 파트너와 레이스를 했으니까 더더욱 그랬을 거고. 내 공격에 다치기라도 하면 가엾으니까."

그렇게 말한 내가 근처에 있던 빅 보어와 포레스트 베어에게 손을 뻗어서 머리와 코끝을 쓰다듬어 주자 둘은 기분 좋은 듯이 눈을 가늘게 떴다.

"그런, 이유 때문에……."

내가 댄 이유가 진심으로 레이스를 했던 상대를 모욕하는 내용이라는 걸 눈치채고 급하게 덧붙였다.

"저, 저기! 그래도 레이스는 진지하게 했어! 그래도 상대를 직접 공격하는 건 싫지만, 인챈트로 달리는 속도를 늦춰서 방해하거나, [토속성 마법]으로 방해하는 건 직접 공격이 아니니까 세이프 같아서!"

내가 당황하자 두 사람이 웃음을 터뜨린 다음 어깨를 들썩이며 웃어댔다.

"알았어, 그렇게 당황할 필요 없다고."

하지만 그것을 계기로 우리도 사이좋게 지내게 되었다.

상대의 빅 보어와 포레스트 베어에게 음식을 주거나, 지금까지 했던 레이스에서 생긴 해프닝을 이야기하고 공감하며 떠들어댔다.

음식을 줄 때는 빅 보어와 포레스트 베어도 새끼 동물로 변했기에 작고 귀여운 새끼 동물들에게 둘러싸여서 나도 모르게 이것저것 먹이를 주거나 상대방 플레이어에게 가지고 있던 음식을 줘버리고 말았다.

"역시 [새끼 동물의 보모]구나. 요즘은 별로 그 말을 못 들었는데, 건재한 모양이야."

"응, 맞아."

두 사람의 중얼거림은 내 귀에 닿지 않았고, 나는 레이스를 마친 새끼 동물들과 함께 행복한 시간을 보냈다.

종장 금 칩과 길드 에리어

"또 레이스를 하고 싶어지면 연락해! 그리고 볼일이 생기면 당신들 가게로 갈 테니까!"

"그래, 서로 열심히 하자!"

나와 마기 씨는 원래 목표였던 [익스팬션 키트 I]을 교환한 다음, 3인조 조교사들과 프렌드 교환을 하고 나서 헤어졌다.

그들은 한동안 기승 레이스를 계속하며 누적 1000포인트로 손에 넣을 수 있는 금 퀘스트 칩을 노린다고 했다.

"얻었네요, [익스팬션 키트 I]. 마기 씨는 어디에 쓸 거예요? 역시 마개조 무기인가요?"

내가 녹색 공구 상자처럼 생긴 확장 키트를 끌어안은 채 마기 씨에게 묻자 그녀는 생각에 잠겼다.

"그게 말이지. 주로 쓰는 무기에도 쓰고 싶고, 보조 무기나 마개조 무기, 그리고 이번 레이스 때 쓴 총에도 부여하고 싶거든. 윤 군은 [조금] 센스가 있으니까 액세서리에 쓸 거야?"

"저는 [검은 소녀의 장궁]에 쓰려고요. 제일 쓸 기회가 많은 장비니까요."

내가 그렇게 대답하자 마기 씨가 미소를 지었다.

"윤 군은 실리를 챙기는 파구나. 그럼 다음 확장 키트를 얻어도 윤 군은 애용하는 도구부터 써나가겠네."

"네. 마기 씨가 만들어준 식칼하고 피켈, 클로드가 만들어준 이 방어구에도 쓰고 싶네요."

뭐, 여러 개 얻으려면 시간이 한참 걸리겠지만 상상은 자유니까.

"그럼 바로 리리에게 가지고 갈 거야?"

"그렇죠. 레이스 이야기 같은 것도 하고 싶으니까."

"클로드하고 리리는 뭘 하고 있었는지 이야기를 들어보는 것도 기대되네."

나와 마기 씨는 바로 프렌드 통신으로 클로드와 리리에게 연락을 하기로 했다.

『앗, 마기찌, 윤찌? 무슨 일이야?』

"우리는 레이스에서 원하던 걸 얻어서 합류할까 했거든. 지금 어디 있어?"

『나하고 리리는 지금 [팔백만]에 신세를 지고 있다. 오도록 해라. 엄청난 걸 볼 수 있을 거다.』

엄청난 것, 클로드가 말한 의미심장한 단어에 나와 마기 씨는 고개를 갸웃거렸지만, 두 사람은 길게 말하지 않고 프렌드 통신을 마쳤다.

"엄청난 거라니, 대체 뭘까?"

"일단 가볼까요?"

나와 마기 씨는 클로드와 리리를 만나러 세이 누나네 길드인 [팔백만]으로 향했다.

"안녕~. 클로드하고 리리가 여기 와 있다던데, 있어?"

[팔백만]의 길드 홈에 도착해서 안으로 들어가자 평소보다 홀이 한산했다. 나와 마기 씨는 고개를 갸웃거렸다.

평소에는 길드 멤버들이 많이 모여서 정보를 교환하거나 퀘스트, MOB 토벌 준비를 하거나, 끝난 뒤에 반성회나 뒤풀이로 연회를 하는 경우가 많았다.

"앗, 마기 씨하고 윤이네."

"……야호. 두 사람도 보러 왔어?"

"앗, 랑그레이, 오토나시. 엄청난 걸 볼 수 있다는 이야기를 듣고 왔는데……."

길드 [팔백만] 소속 조금사인 랑그레이와 칼 대장장이인 오토나시가 길드 홈 2층에서 내려오다가 우리와 마주쳤다.

"아, 다들 그쪽으로 이동했거든. 우리가 안내해줄게."

랑그레이와 오토나시가 그렇게 말하고 안내해준 곳은 길드에 설치되어 있는 전이 오브젝트인 미니 포탈이었다.,

OSO의 각 에리어와 마을에 설치되어 있는 포탈 중 자신이 등록한 곳으로 이동할 수 있는데, 그 메뉴의 이동 목록에 지금까지는 보지 못했던 항목이 있었다.

"——[팔백만 본거지(임시)]?"

"이건 금 퀘스트 칩으로 교환할 수 있는 길드용 대형 확장 요소야?"

"맞아. 길드용 [길드 에리어 소유권]을 얻었거든."

"힘들었지, 열흘 정도."

감정을 담아 말하는 오토나시의 목소리를 들으며 나는 메뉴에서 금 퀘스트 칩 교환 아이템 일람을 확인했다.

포탈으로 전이한 곳에 새롭게 길드 전용 에리어를 만들고 길드 멤버나 허가받은 플레이어가 오갈 수 있게끔 하는 [길드 에리어 소유권]은 리리가 가지고 있는 [개인 필드 소유권]의 확대판이다.

확대판이라는 말에 어울릴 정도로 늘어난 넓이와 다양한 기능을 지니고 있다는 것을 교환 아이템 설명 문구를 통해 알 수 있었다.

"금 칩을 모으느라 진짜 고생했다니까. 길드 전체가 협력해서 모았거든."

"상위진은 금 칩을 얻을 수 있는 퀘스트에 도전했고, 다른 플레이어들은 은 칩하고 동 칩을 모아서 그걸 금 칩으로 교환했지."

동 칩 10개로 은 칩 1개, 은 칩 4개로 금 칩 1개를 교환할 수 있는 시스템을 이용해서 금 칩을 필요한 만큼 모은 것 같았다.

"[길드 에리어]도 완성했으니 내일부터는 퀘스트를 열심히 해야지."

"나도 도 형태의 마개조 무기를 가지고 싶으니까 은 칩을 모아야겠어."

두 사람은 길드의 설비 확장을 위해 퀘스트 칩을 제공해서 그런지 퀘스트 칩이 없는 모양이었다.

"힘들었나 보네. 둘 다 고생했어."

나는 랑그레이와 오토나시를 격려해준 다음, 두 사람의 안내를 받아 마기 씨와 함께 미니 포탈을 통해 [팔백만 본거지(임시)]라는 이름이 붙은 길드 에리어로 전이했다.

●

"오오, 대단한데……."

"정말 예쁘네."

전이한 길드 에리어를 보고 나와 마기 씨는 소리 내어 감탄했다.

거대한 토리이와 굵은 금줄이 반겨주며 신사나 절을 연상케 하는 전통식 건물.

그리고 위쪽에는 구름 한 점 없이 보름달이 떠 있는 밤하늘.

길을 안내해주듯 늘어선 등롱과 이제 막 심어둔 건지 작은 묘목이 줄을 지은 가로수길.

"솔직히 너무 꾸민 거 아니야?"

"아하하하, 사실 [길드 에리어] 교환은 금방 달성했는데, 에리어 확장이나 시설 확장을 위해서 금 칩을 모으고 이 건물을 짓기 위해서 목수 NPC에게 의뢰할 G를 버느라 힘들었지."

"그리고 오브젝트 배치도 길드원 중에 센스가 좋은 사람들이 모아서 이것저것 하던데."

랑그레이와 오토나시는 아득히 먼 곳을 바라보는 눈빛으로 밤하늘을 올려다보았다.

"그럼 미카즈치 씨나 다른 사람들도 있으니까 가볼까."

정신을 차린 두 사람은 우리를 길드 에리어 안쪽으로 안내해 주었고, 가고 있는 방향에서 사람들이 이야기를 나누는 목소리가 들리기 시작했다.

그리고——.

『선두에 NPC 벨로 랩터. 뒤를 이어 삼수신 후방에는 펜릴, 유니콘이 뒤따르고 그 뒤를 NPC 집단이 한데 뭉쳐 쫓아가고 있습니다. 어이쿠, 뒤쪽에서 공격이 날아들었군요! 그것을 가지고 있던 총으로 요격한 펜릴의 주인! 눈먼 탄이 유니콘에게 날아들었지만 화려하게 피했습니다!』

"잠깐! 이게 뭐야!"

공중에 떠 있는 거대 스크린에 재생되고 있는 동영상을 보고 나는 무심코 큰 소리로 말해버렸다.

"앗, 윤찌, 마기찌, 고생했어~. 레이스는 어땠어?"

"리리! 어땠냐니, 뭐야, 어째서 우리 레이스 동영상이 있는 건데! 그것도 중계까지 딸린 버전으로!"

기승 레이스는 심볼의 조합으로 다양한 코스나 MOB과의 레이스를 즐길 수 있지만, 그걸 이렇게 다른 사람들에게 보여주는 건 창피하다.

특히 한심하게 진행했던 레이스도 몇 번 있었는데 그걸 보여준다면 창피해서 죽어버릴 것이다.

──『참 좋단 말이지, 레이스가 끝난 뒤의 마기 씨가 보여주는 해냈다는 표정』『윤도 레이스 중에 짓는 진지한 표정과 레이스가 끝난 뒤에 파트너를 격려해주는 부드러운 표정 사이의 갭이 좋아』『연계해서 방해를 성공했을 때 씨익 웃는 두 사람의 약간 소악마 같은 표정이 꽤 좋아』『나는 호러 계열이나 대형 기승 MOB에게 쫓길 때 울상을 짓는 표정도 귀여운 것 같던데』

이곳에서 연회를 벌이고 있던 플레이어들이 레이스의 감상을 말하는 걸 본 나는 이미 늦었다! 하는 생각에 제자리에 주저앉아 창피한 나머지 얼굴을 가렸다.

"어째서 중계 같은 게 딸려 있는 건데! 여럿이서 보면 창피하잖아!"

"저기, 윤찌. 마기찌에게 레이스를 어떻게 했는지 물어보니까 레이스 리플레이 코드를 보내준 거야."

리플레이 코드란 기승 레이스가 끝난 뒤에 순위 결과 메뉴 아래쪽에 작게 적혀 있던 숫자와 로마자로 구성된 문자열이다.

그것을 메뉴의 전용 페이지에 입력하면 누구나 리플레이 동영상을 시청, 다운로드할 수 있다.

"클로찌에게도 그 리플레이 코드를 가르쳐주었더니……, 이렇게 되었어."

"클로드 때문이었구나아아아!"

보아하니 클로드가 손에 넣은 동영상에 따로 중계 음성을 넣어서 신나는 동영상으로 가공한 모양이었다.

클로드는 정말 재능이 많지만 노력하는 방향성을 잘못 잡고 있는 것 같다.

"흐하하하하하하하하, 뭐, 모두가 즐기고 있으니 잘 된 것 아닌가. 그리고 PVP 대전을 보는 거나 별 차이가 없을 텐데."

"내가 창피하다고!"

리리보다 늦게 클로드도 이쪽으로 다가왔기에 불평했다.

그러던 와중에 재생되던 레이스 동영상이 길드 [팔백만] 조교사들의 레이스 동영상으로 바뀌었고, 내 영상만 보여준 게 아니라고 생각하니 창피한 마음이 조금 가신 것 같았다.

"저기, 저기, 두 사람이 어떻게 레이스를 했는지 이야기해줘. 그리고 저쪽에서 미카즈치찌네가 길드 에리어 완성 축하 파티를 하고 있어."

나와 마기 씨는 리리에게 손을 잡힌 채 레이스 동영상을 재생하고 있는 곳에서 끌려 나와 뮤우와 세이 누나, 타쿠, 미카즈치 같은 사람들이 있는 연회장으로 가게 되었다.

"윤 언니, 레이스 동영상 봤어! 멋지던데!"

"아하하하하, 고마워. 그런데 창피하네."

뮤우와 다른 사람들도 [팔백만]의 길드 에리어 완성 연회에 불려온 모양이었다.

다들 저마다 레이스 동영상 감상을 말해주자 역시 창피해지는 것 같았다.

"그, 그리고 보니 클로드랑 리리는 나하고 마기 씨가 레이스를 하는 동안 뭐 하고 있었어?"

모두가 레이스 이야기를 하자 창피해져서 화제를 바꾸기 위해 클로드와 리리에게 그런 이야기를 꺼냈다.

"나와 리리는 [팔백만]에서 파티에 들어가서 다양한 신규 추가 보스나 적 MOB을 쓰러뜨려서 소재를 모으고 있었다. 마기와 윤 몫의 소재도 확보해 왔지."

"그리고 효율이 좋은 퀘스트 같은 것도 가르쳐줘서 은 칩이 20개나 모였어! 마기찌하고 윤찌의 성과도 가르쳐 줘."

그렇게 말하며 손에 넣은 아이템을 꺼내서 서로 보여주었다.

"[팔백만] 길드 멤버들은 다들 친절해서 즐거웠어~. 앗, 그리고 이 아이템은 윤찌하고 마기찌에게 주는 선물이야."

"두 사람이 [익스팬션 키트]를 손에 넣었다고 하길래 확장한 추가 효과 슬롯에 쓸 수 있는 강화 소재를 얻어왔다. 이걸로 카지노 메달 경품을 받은 보답은 될 것 같군."

클로드와 리리가 그렇게 말하며 건넨 것은 장비의 강화 소재였다.

나는 장비의 강화나 다른 신세를 진 것들을 조금이나마 갚을 생각으로 카지노 경품을 준 건데, 클로드와 리리는 그걸 은혜라고 생각하고 다시 갚았다.

이러면 보답의 순환이 끝나지 않을 텐데. 그렇게 생각하니 기쁘면서도 우스워서 쓴웃음을 지어버렸다.

"고마워. 이 강화 소재를 써서 지금보다 무기를 더 강화해볼게!"

"나는 리리에게 [검은 소녀의 장궁]하고 [익스팬션 키트 I]을 맡길 거야. 기대할게."

마기 씨는 강화 소재를 받아들었고, 나는 강화 소재를 받은 다음 그 대신 내 무기와 확장 키트를 리리에게 맡겼다.

"윤찌, 맡겨줘서 고마워. 이번에는 추가 효과를 부여하는 것뿐이니까 지금 바로 끝낼게!"

리리가 내가 맡긴 장비와 확장 키트를 써서 무기를 강화하기 시작하는 한편, 클로드는 혼자서 토라진 듯한 표정을 지었다.

"나한테는 아무 것도 안 맡기는군……"

"클로드에게 방어구 강화를 부탁하려면 멀었어."

"그렇죠. 그리고 지금 맡기면 이번에는 또 뭘 입힐지……."

최근만 따져도 멜빵 바지와 다이쇼 로만풍 전통 메이드복을 입었기에 다음에 뭘 준비하고 있을지 상상하니 등골이 오싹해졌다.

"어째서 싫어하는 거냐. 소재가 좋으니 즐기면 될 것을."

클로드는 그렇게 말하며 한숨을 쉬었고, 그러자 이야기가 일단락되었다고 판단한 뮤우가 나를 뒤에서 끌어안았다.

"나도 윤 언니랑 마기 씨하고 같이 모험하고 싶은데. 같이 퀘스트 칩을 모으자~, 즐거울 거야~."

"뮤우, 무거워. 정말……."

나를 뒤에서 끌어안은 뮤우가 모험을 제안했다.

"나하고 세이 씨는 편의성 아이템이나 새로운 센스를 취득하기 위한 SP를 얻고 싶으니까 퀘스트 칩을 열심히 모으고 있는데, 윤은 가지고 싶은 거 없어?"

타쿠가 그렇게 묻자 세이 누나도 흥미가 있는지 이쪽을 바라보았고, 나는 메뉴에서 아이템을 보며 고민했다.

예전부터 후보 중 하나로 생각했는데, 이 [팔백만]의 길드 에리어를 보고 그 마음이 더욱 강해졌다.

"리리가 가지고 있는 것하고 똑같은 [개인 필드 소유권]을 가지고 싶은데."

"그걸 가지고 싶구나! 필드를 전부 약초밭으로 만들어서 약초 부자가 되는 거야?!"

뮤우의 말에 나는 쓴웃음을 지으며 고개를 저었다.

"밭을 만들고 싶다는 건 사실이긴 하지만, [팔백만]의 길드 에리어처럼 내 취향에 맞는 공간을 만들어보고 싶거든."

[개인 필드 소유권]을 교환하려면 은 퀘스트 칩이 75개 필요하다.

아이템을 사용할 때 생성할 필드 타입을 선택할 수 있고, 그 이후로 플레이어가 손을 봐서 자유롭게 에리어를 창조할 수 있다.

"저기, 윤 언니는 어떤 에리어를 만들고 싶어?"

뮤우가 그렇게 묻자 나는 턱에 집게손가락을 대고 생각한 다음——.

"음~. 비밀이야. 완성되면 가르쳐줄게."

내가 그렇게 말하자 뮤우는 납득하지 못하겠다는 듯이 토라졌지만, 금방 씨익 웃었다.

"좋았어, 우리 힘으로 윤 언니나 마기 씨 같은 사람들에게 퀘스트 칩을 벌게 해줄게!"

"아하하하, 살살 부탁해."

나는 쓴웃음을 지으며 [팔백만]의 길드 에리어 완성 연회에서 여러 가지 모험 이야기나 OSO의 정보 교환을 하며 즐거운 시간을 보냈다.

OSO 1주년 이벤트는 계속 이어진다.

——스테이터스——

NAME : 윤
무기 : 검은 소녀의 장궁, 볼프 사령관의 장궁
보조무기 : 마기 씨의 식칼, 고기 써는 식칼 중흑, 해체식칼 창무
방어구 : CS No.6 오커 크리에이터 (하복, 동복, 수영복)

액세서리 장비 한계 용량 (3/10)
· 페어리 링 (1)
· 대신하는 보옥의 반지 (1)
· 사수의 골무 (1)

예비 액세서리 일람
· 몽환의 주민 (3)
· 원예지륜구 (1)
· 도어부의 철륜 (1)

소지 SP 47
[마궁 Lv38] [하늘의 눈 Lv42] [간파 Lv48] [강력 Lv14]
[준족 Lv40] [마도 Lv45] [대지속성 재능 Lv31]
[부가술사 Lv20] [조약사 Lv34] [연성 Lv18] [조교사 Lv10]
[요리인 Lv24]

대기

[활 Lv55] [장궁 Lv45] [장식사 Lv13] [수영 Lv25]

[언어학 Lv28] [등산 Lv21] [생산직의 소양 Lv38]

[신체내성 Lv5] [정신내성 Lv15] [염동 Lv20]

[급소의 소양 Lv16] [선제의 소양 Lv18] [잠복 Lv10]

[낚시 Lv10] [재배 Lv4] [열기 내성 Lv1] [한기 내성 Lv1]

· [교체 소형 망치]를 사용한 장비의 품평회에 액세서리 [방마의 반지]를 출품해서 가격표 경매로 420만G에 낙찰되었다.

· 배회 MOB인 가루다 드래곤에게서 대량의 소재를 입수했다.

· 카지노에서 잭팟을 터뜨려 경품인 레시피 책 [건즈웍스 매뉴얼]을 손에 넣고 총알을 만들 수 있게 되었다.

· 기승 MOB 레이스로 포인트를 벌어 [익스팬션 키트 I]을 교환했다.

· 여름 퀘스트 이벤트로 모은 3종 퀘스트 칩 [금 : 0개, 은 : 8개, 동 : 28개]

후기

처음 뵙는 분, 오랜만에 뵙는 분, 안녕하세요. 아로하자초 입니다.

이 책을 읽어주신 분, 담당 편집자인 K 씨, 작품에 멋진 일러스트를 마련해 주신 유키상 님, 그리고 출판되기 전부터 인터넷에서 제 작품을 봐주신 분들께 감사드립니다.

OSO 시리즈는 현재 드래곤 에이지에서 하니쿠라운 선생님의 코미컬라이즈 버전이 연재되고 있습니다. 코미컬라이즈를 통해 큐트한 코믹 버전 윤 일행의 활약이나 귀여운 모습을 볼 수 있습니다.

OSO는 이번에 5주년을 맞이하였고, 그 기념으로 판타지아 문고 특설 사이트에서 캐릭터 인기 투표가 실시되었으며, 기념 일러스트와 특별 SS가 공개되었습니다.

인기 투표는 이미 끝났습니다만, 꼭 보러 와주셨으면 합니다.

그런 OSO의 작품 속에서는 1주년을 맞이하여 업데이트로 인한 많은 변화가 생겨났습니다.

지금까지 있었던 일을 돌아보라는 듯이 기간 한정이었던 이벤트가 복각되거나 새롭게 즐기는 방법을 제시하기 위해 신규 센스나 추가 아이템 등이 등장하였습니다.

그런 18권을 집필할 때는 매우 고민했습니다.

우선 직면한 문제가 신규 센스 [총]에 사용할 총알을 어떤 식으로 플레이어가 만들게 할지였습니다.

현실과 비슷하게 만드는 법을 넣으면 게임 같은 느낌이 사라지고, 반대로 너무 간단하게 하면 자유도가 없어집니다.

이걸 정하느라 정말 고민을 많이 했습니다.

총이라는 게 뭐지? 총이란 어떤 도구지? 그런 것도 조사했습니다.

조사해 나갈 때마다 푹 빠진다는 게 이런 느낌이었을까요.

그런 설정을 어떻게 할지 생각한 결과 도달한 것이——, 바이오 하자드의 총알 합성이었습니다.

총알 종류는 크기별로 나누고 가지고 있는 소재를 사용해서 [합성]하여 만들어낸다.

결국, 단순하게 생각하는 게 정답이었던 겁니다.

그 뒤에 직면한 문제가 6장에서 나왔던 기승 MOB 레이스를 어떻게 설정할지였습니다.

초기 플롯에서는 날마다 개최되는 기승 MOB 레이스 이벤트에 참가해서 상위 입상을 노리는 것이었습니다.

플롯을 다 쓴 직후에는 괜찮다고 생각했지만, 잘 생각해 보니 '게임의 공평함'이 유지되지 않는다는 느낌이 들었습니다.

예를 들어 날마다 정해진 시간에 개최되는 이벤트가 있

고, 그때 로그인하지 못한 플레이어가 참가하지 못하는 건 불공평하지 않을까.

애초에 기승 MOB을 가지고 있는 플레이어가 얼마 안 되니 가지고 있는 플레이어만을 유리하게 만드는 건 공평한 것인가.

초기 플롯은 기승 MOB을 가지고 있는 그룹이 상위 입상 아이템을 독점하기 때문에 윤 일행이 그것을 저지하는 내용이라 게임다웠고, 시원스러운 느낌도 있었습니다.

하지만 저는 주인공이나 주요 캐릭터만 활약하는 가공 게임을 묘사하고 싶은 것이 아니라 누구에게나 어느 정도 공평함이 유지되고, 만약에 현실에 존재한다면 나도 캐릭터를 만들어보고 싶다는 생각이 드는 게임을 항상 고려하고 있습니다.

그러한 생각이 있었기에 기승 MOB 레이스는 스케일을 많이 줄였고, 설정도 '마리오 카트'를 참고하여 다시 짰습니다.

개인적으로는 역시 고치길 잘했다고 당당하게 말할 수 있을 정도입니다.

앞으로도 읽으신 분께서 나도 이런 게임이 있다면 해보고 싶다, 라는 생각을 하실 수 있게끔 OSO를 써 나갈 생각입니다.

앞으로도 저, 아로하자초를 잘 부탁드립니다.

마지막으로 이 책을 읽어주신 독자 여러분께 다시 감사의 말씀 드립니다.

2019년 7월 아로하자초

역자 후기

안녕하세요, 천선필입니다.

『온리 센스 온라인』 18권, 재미있게 읽으셨는지 모르겠습니다.

이번 18권의 주요 내용은 역시 1주년 업데이트겠죠. 하지만 업데이트라고 해서 새로운 것만 추가된 것이 아니라, 우선 캠프 이벤트 같은 기존의 이벤트 맵이 복각되고 그런 곳을 둘러보면서 1년 동안 플레이해온 추억을 돌아보는 기회도 가질 수 있었기에 1주년이라는 의미를 더욱 잘 살릴 수 있었던 것 같습니다. 실제로 주인공인 윤은 사역 MOB들과 처음 만난 부유도에 가서 그런 시간을 보내기도 했으니까요.

게임 같은 콘텐츠를 만드는 입장에서 이런 1주년 같은 특별한 시기는 일반적으로 '기회'로 여겨지곤 합니다. 평소에는 서비스를 진행하느라 신경 쓰지 못했던 부분들을 챙길 수 있고, 이번 18권에도 등장했던 예전 콘텐츠 복각으로 플레이어들의 추억을 자극해서 이탈한 사람들을 다시 불러올 수도 있을 뿐만이 아니라 다양한 요소들을 업데이트해서 앞으로 게임이 나아갈 방향을 바꾸거나 확실하게 다잡을 수도 있기 때문입니다.

이번 1주년 업데이트를 계기로 OSO에 새롭게 추가된 [총]이라는 요소도 그중 하나가 아닐까 싶습니다. 예전에 대포가 등장하면서 그런 느낌이 생기긴 했지만, 역시 개인화기인 총이 보급되면 판타지 같은 느낌이 약간 퇴색될 수도 있거든요. 주인공인 윤은 자신의 주 무기인 활의 입지를 위협하는 걸 걱정했지만, 많은 사람들이 총을 들고 다니는 분위기가 기존 판타지 분위기의 입지를 위협할 수도 있을 겁니다. 다행히 아직까지는 초기 단계라 변화의 폭이 그리 크진 않은 것 같지만요. 이렇게 새롭게 추가된 요소가 변화로 작용할지, 아니면 기존 세계관을 더욱 확실하게 받쳐주는 지지대로 작용할지, 궁금해지기도 합니다.

이런 생각을 하면서 이번『온리 센스 온라인』18권을 번역하였습니다. 매번 그랬듯이 감사의 말씀 드리고 후기를 마치려 합니다.

항상 신경을 많이 써주시는 담당 편집자분, 그리고 책을 내는 데 도움을 많이 주신 소미미디어 관계자 여러분, 그리고 가족 여러분. 감사합니다.

그 누구보다 감사드리고 싶은 분은 독자 여러분입니다. 제가 이렇게 무사히 번역을 마치고 후기를 쓸 수 있는 것도 독자 여러분 덕분이라 생각합니다. 진심으로 감사드립니다.

다시 찾아뵙게 될 때까지 행복한 하루 보내시길 바랍니다.
감사합니다.

Only Sense Online Vol.18
©Aloha Zachou, Yukisan 2019
First published in Japan in 2019 by KADOKAWA CORPORATION, Tokyo.
Korean translation rights arranged with KADOKAWA CORPORATION, Tokyo.

온리 센스 온라인 18

2022년 05월 15일 1판 1쇄 발행

저　　　자 아로하자초
일 러 스 트 유키상
옮 긴 이 천선필
발 행 인 유재옥
본 부 장 조병권
담당편집자 박치우
편집 1팀 김준균 박소연 김혜연
편집 2팀 정영길 조찬희 박치우 정지원
편집 3팀 오준영 곽혜민 이해빈
미　　　술 김보라 박민솔
라이츠담당 한주원 이승희
디 지 털 박상섭 최서윤 김지연
인쇄제작처 코리아피앤피
발 행 처 ㈜소미미디어
등　　　록 제2015-000008호
주　　　소 서울시 마포구 토정로222, 403호(신수동, 한국출판콘텐츠센터)
판　　　매 ㈜소미미디어
마 케 팅 한민지 이주희
물　　　류 허석용
전　　　화 (02)567-3388, Fax (02)322-7665

ISBN 979-11-384-1069-4
ISBN 979-11-5710-083-5 (세트)